Kadokawa Fantastic Novels
魔法★探險家
—Title
Magical Explorer
入栖
—Author
Iris
神奈月昇
—Illustration
Noboru Kannatuki
轉生為成人遊戲
Reincarnated as a Eroge Hero's Friend,
萬年男二又怎樣，
我要活用遊戲知識
I'll live freely with my Eroge knowledge.
自由生活
1
—Volume
U0073857

Chapter Select 目錄

Magical Explorer

第一章 序章

成人遊戲這種東西，大多數都違反常識而充滿了吐槽點。

理由不勝枚舉。首先從主角的家庭環境開始吧。

大多數的成人遊戲男主角的父母都不住在家中。為何不與主角同住？也許是為了讓妹妹或青梅竹馬早上來叫醒主角，或是方便劇本家讓主角把女生帶回房間，詳細的理由不明。不在家的原因有時候是父母到海外出差，有時候則是主角離家獨自生活或是住進學生宿舍，此外也有故事開始前父母就已經過世的例子。

不只家裡沒大人，還有愛照顧人的美少女妹妹喔！雖然讓人不由得想這麼吐槽，但這種情境在成人遊戲中司空見慣。

沒錯，成人遊戲中的主角絕大多數都在有點特殊的家庭環境下生活。

滿是吐槽點的不只家庭。成人遊戲主角持有的特殊能力「成人遊戲主角威能」也不例外。

比方說，有些成人遊戲劇情主打男扮女裝進入女校就讀，但性別就是不會被拆穿，天衣無縫的程度令人不禁懷疑是否使用了某些特殊能力。某款成人遊戲中明明有游泳課還是不會穿幫。哎，不過那款遊戲是因為幽靈代替主角出席才沒有穿幫就是了。

嗯，既然是幽靈出席，當然不會穿幫嘛（錯亂）。

話雖如此，一旦真實性別曝光，情境也時常讓人錯愕：「至今遭遇的那些危機都不會穿幫了，為何在這裡會曝光！」在體育課大展身手也不曾掉落的假髮，不知為何與女角發生小衝突就輕易脫落。

嗯，因為和女角起衝突了，這也很正常嘛（錯亂）。

在此稍微偏離主題，照理來說「男扮女裝進入女校就讀」這個大前提就已經極端違反常識，一般人難以理解。然而這在成人遊戲界可說是司空見慣的設定，就算並非道行高深的玩家也能輕易融入情境。會對此大感困惑的，恐怕只有剛入門的新玩家吧。

此外，主角的異性緣之佳也是成人遊戲主角威能之一吧。

主角身邊自然是美女如雲。開口閉口喊著大哥哥的可愛妹妹或乾妹；美少女青梅竹馬每天早上不請自來叫人起床，逕自掀開棉被，被男性的生理現象嚇到，慌張之下賞人耳光；學生會長才色俱佳、容貌秀麗、姿態凜然，但是一到鹹濕場景立刻變得嬌滴滴；甚至是明明都大學畢業了，外表看上去完全是小學生的蘿莉教師。這些女性圍繞在真的毫無長處、只是個性比人溫柔一點的少年身旁，頓時心花朵朵開。難道她們是媚魔之類的妖物嗎？不，也許男主角才是夢魔吧。

話雖如此，異於常識的不只是男主角，女角們也不例外。

像是個性單純好騙又操著現實中肯定會讓人退避三舍的詭異口頭禪；戰鬥力高到就連職業格鬥家都目瞪口呆；或者明明女兒都是高中生了，外表卻和女兒年齡相仿的主婦；甚至還有、外表根本是、小學生的、可攻略角色。

不過，不管女角看上去有多麼年輕，在遊戲開始時都會標明「所有登場人物都在十八歲以上」，因此各位紳士（成人遊戲玩家）在遊玩時大可放心，儘管沉浸於溫柔鄉。

此外，故事也同樣神經接錯線，和漫畫、動畫或連續劇相比，更是遠遠超乎常識。

若要舉個例子，就選那個吧。某款遊戲的男主角家是單親父子家庭，而且家中沒有姊妹。換言之，家中只有男性。而隔壁家則是單親母女家庭，家中孩子只有姊妹。換言之，家中只有女性。然而，家中滿是男性的父親非常想要一個女兒，而且住在隔壁、家中滿是女性的母親剛好也想要一個兒子。兩位爸媽左思右想到了最後，靈機一動冒出了好點子。

對了，就交換彼此的兒子和女兒吧。

唯獨在成人遊戲中才可能發生。實在是莫名其妙。於是主角就這麼被送出去與對方交換，突然掉進後宮中。

諸位紳士淑女（成人遊戲玩家）想必拍案叫絕「真是神一般的設定」。但是一般人想必會這麼想：

「這是哪門子的劇情？」

至於剛才提到的男扮女裝就讀女校的例子也一樣，突然間掉進後宮。此外，雖然無法太過張揚，但還有人稱「實用型」、專為情色方面打造的成人遊戲中甚至有箇中老手也難以理解的奇異（情色）劇情。

簡而言之，成人遊戲的世界是個常人思考不管用的奇異世界。

就算有人突然來到這種超展開的世界，如果是以男主角的身分，除了一小部分的遊戲，大概不會有太大問題吧。因為男主角就是世界的中心，異性緣極端地好。

但是如果發現自己並非這個世界的中心（男主角），在這個世界只要走錯一步就會化作地獄。

「慘了，這下慘了……」

映在鏡中的自己明明是自己卻又不是我。正確來說，映在鏡中的那個人雖然按照我的想法動作，但外觀並不是我。

而且這張臉擺明了就是……

「絕對就是那個成人遊戲男主角……旁邊吵死人又沒女人緣的朋友配角……！」

我不由得當場跪地。

成人遊戲主角的友人絕大多數都不幸。

有位友人重複著毫無意義的怪異行徑，有時還被女主角當作髒東西對待；某位友人則和腳踏兩條船的男主角扯上關係，為了維繫男女主角的關係而四處奔走。

最重要的是成人遊戲的友人角色身上最常見的設定，同時也是使他們不幸的最大理由——「毫無異性緣」。

他們非常不受異性歡迎，特別是和美女之間毫無機會親近。理由很簡單。只要想像一下如果主角的朋友和主角玩家中意的女生湊成一對會導致什麼事發生，一切就很明白了。負評馬上會如傾盆大雨般轟炸，玩家人數瞬間減少。

就連我也不例外，中意的可愛女生萬一被不時出現在畫面上的混帳傢伙搶走，大有可能轟出一發足以貫穿螢幕的鐵拳。還會立刻連上官方網站的意見回饋區潑灑惡毒的咒罵，緊接著又到某討論區或評論網站上瘋狂發表評論，最後和傷心的同志一起啜泣哽咽地安慰彼此。

言歸正傳，映於鏡中的我「瀧音幸助」是位命運在超不幸與不幸之間擺盪的可變式角色，當然待遇算不上優良。

這位角色登場的遊戲《魔法★探險家（簡稱魔探）》是人稱點擊式遊戲的戰鬥模擬遊戲。遊戲玩家過著學園生活的同時，因為課程或劇情事件進入迷宮戰鬥，在過程中強化自己與夥伴們。此外這個遊戲能製作武器防具、魔法、魔道具等，也能製造自己專用的特殊武器並裝備在身上，還能開設商店將目標放在成為都市第一的鍊金術士兼商人。

當然因為這是成人遊戲，戀愛要素也絕對不少，應該說戀愛要素才是主打賣點。

美麗可愛又實力高強的女主角們異常頻繁地出沒在日常生活中（僅限男主角）；令人懷疑是否受到神的祝福般，養眼的福利事件頻繁發生（僅限男主角）；想偷窺浴室也不知為何會成功，可目睹女主角們一絲不掛的模樣（僅限男主角）。

而身為男主角朋友的瀧音幸助則是在男主角與女生卿卿我我時，躲在一旁羨慕地咬手帕的那種角色，換言之就是丑角。沒錯，用來襯托主角的幸福。

儘管嘴巴上說得好像很懂，像是「那個女生很可愛吧？但其實……」或是「那個女生就是人稱全校第一的美少女喔。」但每位女性的芳心最終都會落入主角手中。當然也無需贅言，劇本家並未安排瀧音幸助與其他女性交往。

別說是交往的機會，甚至還被女角們討厭。雖然外表勉強算是個型男，卻常不看場合開黃腔，或是不時做出擺明了很蠢的舉動，雖然遺憾但只能說活該。其中有幾位女角例外，並未對他顯露厭惡感，但也只是少數一部分。

正因如此，若以瀧音幸助為主軸，用戀愛模擬遊戲的角度來評斷，他算得上相當不幸吧？

同時在戰鬥方面也不受青睞。畢竟男性角色整體本來就有性能不夠亮眼的傾向，這也是當然的。若問玩成人遊戲的紳士淑女們所求何物，當然是想娶回家的美少女主角。內心中意的女角能力越強，人氣也越容易攀升。人氣越高，周邊商品的銷量也會更亮眼。重要的是開發者自己也喜歡那些女角，想盡可能把她們設定得更強，因此女角群當然也會比較強。

不過，在這樣的背景下，瀧音幸助的能力並不算差。儘管不差，他的性能只有懂門道的玩家才會用，而且也沒有專用武器，更重要的是因為女主角們受到優待，相對而言不受青睞，在遊戲尾盤絕大多數的人都會把他踢出主要戰力吧。當然我也把他撇除了，不管怎麼想都是比較想派女角上陣。

「唉！」

映於眼前的瀧音幸助大嘆一口氣。

「總之先確認我是不是真的變成了瀧音幸助吧……」

我自言自語的同時，摘下了象徵瀧音幸助這角色的圍巾，寄望最後一絲的可能性。

然而……

「現實竟是如此無情啊。」

為什麼會變成這樣？看來我似乎真的是瀧音幸助。這具身體不是我自己的，理由……不明，恢復原狀的方法也不明。

況且現在與其思考原因，更重要的是接下來的事。如果原因顯然易見，要仔細思索也無妨，但現況似乎不是這樣。既然如此，先思考接下來要怎麼生活還比較有建設性。

「這裡應該是魔法★探險家的世界吧。」

並非日本，而是魔法與機械技術融合發展出繁榮文明的世界。妖精、獸人、矮人也都存在的奇幻世界。

既然這樣——

「我……也能施展魔法吧？」

不，不可能無法施展。剛才我在確認自己是否真為瀧音幸助時，發現了學園的介紹手冊。這傢伙已經確定能進入月詠魔法學園就讀了。

難道不是魔法師的傢伙也能進魔法學園嗎？

「魔法啊……」

如果能用，我當然也想試試看，況且如果無法施展，不就會被學園退學嗎？嗯，既然這樣該怎樣才能施展？

「如果是玩遊戲，用滑鼠點一下就會自己施展了耶。」

我面對的不是遊戲畫面，當然無法用滑鼠點擊。況且我根本看不見什麼人物數值。雖然我希望起碼能看見自己的ＨＰ和ＭＰ，但應該不可能吧。

不過，這傢伙因為是魔法師才有入學資格。既然如此，他應該有留下一些魔法相關的教科書之類的資料吧。

我起身走出客廳。

瀧音幸助的學力似乎一如遊戲設定，算不上優良。封印在教科書與筆記本中的考試卷只有一半左右打圈。此外，魔法的歷史書和國文教科書上的偉人肖像都加上了低級的塗鴉。

這傢伙是怎樣，好好聽課啊。我這麼想，但自從一年前開始，塗鴉突然完全不見蹤影，反倒在教科書各處寫滿了魔法式或魔法陣等等有關魔法的筆跡。

我闔上魔法的歷史書，隨後拿起了一本書，封面畫著手拿書本的猴子，看起來格外乾淨。

「猴子也能懂的魔法啊。」

我拿起沒有任何筆跡，連書頁也沒有折角，看起來甚至從未翻開，乾乾淨淨的那本書隨意翻閱。心中浮現些許疑問，但我短暫思考後毫無結果，最後放棄繼續追究。反正就先讀看看吧。

若相信寫在書中的內容，生於這世界的生物似乎都擁有魔力，而且大氣中好像也有魔力存在。這和我在遊戲中看到的設定相同。

而魔法就是利用這些魔力引發的奇蹟。能召喚火焰、呼風喚雨，甚至能創造泥土和金屬。

但因為引發的奇蹟越高等就必須消耗越多魔力，因此魔法師必須持有一定程度以上的魔力量。一般人與魔法師的最大差異，似乎就在於魔力量這一點。不過如果一切都如同遊戲設定，瀧音幸助持有的魔力量應該多到連學園教師都為之嘖嘖稱奇的程度。單論魔力量的話。

「啊～～照書上寫的試試看了，應該就是這個吧？不過有種很奇怪的感覺啊……」

比方說，就如同用眼睛和耳朵能認知光與聲音那樣，我的全身彷彿變成了一種新的感覺器官。清楚感覺到魔力帶著一種不可思議的溫度自全身上下湧現，也能感覺到同樣的東西存在於身體之外。外界的魔力不時輕拂過我的肌膚，老實說有點癢。

「為什麼一注意到，就能這麼清楚感覺到？」

再想也沒有答案。況且我本來就不清楚什麼是魔力，這也是當然的吧。既然這樣，就先來嘗試施展魔法吧。如果真能使用，應該就能確定這感覺就是所謂的魔力。

「這個嘛，『光明』。」

按照書中描述，魔力量稀少的一般人也可能施展照明魔法「光明」。老實說，我連自己能否施展「光明」都半信半疑。我至今從未接觸過什麼魔法。儘管我這麼想著，但現象馬上就發生了。

「騙人的吧？真的假的……」

光源浮現在眼前，我伸手在光源周遭的空間揮舞。我想檢查是否有某些東西扮演電線的功能，卻沒有觸碰到任何事物。之後我緩緩伸手靠近眼前的光源。

「哈、哈哈、哈哈哈！超～猛～～！」

但我並未觸碰到光源，也感覺不到熱量。用手直接貫穿那光源並且劈開，但是光源依然保持原本的形狀，停留在原處紋風不動。當我停止供給魔力，不可思議的光源也立刻消失。

我關上房內燈光，拉起窗簾。緊接著再度施展魔法。

奇異的光球倏地照亮原本昏暗的室內。我停止供給魔力，口說使之消滅的言詞，光球便隨之失去光芒，陰影籠罩四周。我再度詠唱光明的魔法，照亮室內。

「難以相信……」

產生的光球並不是以電為動力且不具有熱度，而是藉由魔力產生的光明。立刻停止供給魔力，再次讓光明消失。只要發動魔法，周圍就會被照亮。

越是嘗試就越是感動。名為魔法的不可思議力量令我雀躍無比。

若換作其他人的角度來看，大概只覺得我這個人莫名其妙吧。因為我剛才施展的魔法——光明是魔法師最初學會的魔法，相當於幼稚園或小學生程度的魔法師一開始學的魔法。你幹嘛為這種基礎到極點的魔法這麼感動啊——別人要是這樣懷疑也不奇怪。不過這不能怪我吧？

若是生在沒有電力這種概念的世界，突然看見電視和網路之類的，到底會作何感想？就算不至於失禁，也很可能嚇得腿軟吧？不過在我們的世界上電力非常普遍，從小就已司空見慣，所以不會吃驚。

魔法大概也一樣。見到我如此吃驚，會嘲笑的人在這世上想必多到數不清。但我還是想大聲說。只要生在沒有魔法的世界就知道。對你們來說也許只是區區的光明魔法，但是在我眼中可是不用電力又浮游在半空中的燈泡。

「太〜〜〜〜誇張了…………！」

我三番兩次喚出光明又使之熄滅，每次都讓我深深感動，一種想法萌生心頭。

我朝著自己創造的光球伸出手，要包住光球般以手掌握住。隨後緩緩張開手掌，注視那完全沒有減弱的光。在我反覆這麼做的同時，於心中累積的熱情漸漸點燃為火焰。

想用魔法嘗試更多事。

魔法不只有光明。攻擊魔法、防禦魔法、恢復魔法、輔助魔法、搞笑魔法、色情魔法，魔法的種類多到數不清。現在我真的能使用這些魔法。雖然憑瀧音一個人有困難，但只要靠著夥伴或道具，甚至能夠翱翔天空，要在水中自由游泳或在水中呼吸都絕非不可能。此外只要熟習戰鬥用魔法，甚至還能挑戰「迷宮」。

對了，差點忘了！這世界有「迷宮」。

我能在這個世界中的迷宮冒險。如果一切都依照魔法★探險家的設定，這世界有數量眾多的迷宮存在。

作為故事舞台的學園就坐落在迷宮特別多的地區，此外也能利用轉移魔法陣挑戰其他數十個迷宮。有遊戲等作品中常見的洞窟或遺跡似的迷宮，也有忍者宅邸般的日式迷宮，同時也有完全沒有隔間、只有一片寬敞草原的迷宮。溪谷、火山、雪原、浮游島也都一應俱全。此外還有彷彿動畫場景，以鏡面般的湖面為主題的迷宮，甚至是牆壁全部都以閃耀如寶石的水晶所構成的迷宮，諸如此類幻想世界般的迷宮。

我能自己前往那些迷宮。

沒錯，我現在置身奇幻世界，能夠親眼目睹幻想出現在眼前！

等等，先仔細想想，也不僅只迷宮吧？

整個世界都是。世界上充滿著有趣的事物。這裡也有和日本同樣的汽車與智慧型手機等等的道具，遊戲設定中這些道具的動力都來自魔力或魔石。

我也能使用魔法道具。魔法道具究竟是循著何種原理作用？使用魔石又能辦到什麼事？想知道的事情多到數不清，而且在這世界上只要調查就能得到回答。這並非幻想，而是現實。

而且這個世界在設定上還有人類從未涉足的大陸中心、在地球不可能存在的空中城堡、深藏地底的大迷宮；據說海底有龍居住的宮殿，森林裡長著比小山還大的巨大世界樹。因為在遊戲中主要都在學園和迷宮活動，這些場所的存在僅限於簡單的描述，玩家實際上能去的只有少數幾處。

但是我不被遊戲所束縛，一切自由。

我還能帶男主角或女角們一起前往那些有趣的場所。

此外這世界上還有妖精、黑暗妖精、獸人、矮人、龍人等等地球上沒有的奇幻種族存在，我也能和這些人互相交流。只要建立好關係，也許甚至能一起去冒險。

啊～～想嘗試的事接二連三湧現，逐漸填滿心頭。然而——

「但是，如果要在迷宮或世界上冒險……就要變得夠強才行。」

前提是變強啊。若要變強就要鍛鍊自己。

如果瀧音幸助的能力一如遊戲設定，我有個很大的弱點。不過瀧音幸助也擁有獨一無二的特殊技能，只要真正活用就能變得非常強悍。更重要的是我擁有知識，雖然大概無法成為最強，但要變強絕非不可能。

不，暫停一下。真的是這樣？真的沒辦法成為最強？

基本上在成人遊戲中受到優待的是官方和玩家喜愛的眾多「美少女」，再加上玩家的分身「男主角」。

「區區朋友配角也能超越那些傢伙，登上最強的寶座嗎？不，也許比想像中更有可能喔。」

儘管那些傢伙天生作弊，我還是能成為最強嗎？

沒錯，我也很明白。她們都是怪物。主要女角的其中一人能自由操縱呼嘯奔騰的狂風，她轟出的大範圍風刃甚至能撕裂鋼鐵般的甲殼；也有位女角不管受了多重的傷勢，也能在轉瞬間完全痊癒；甚至有女角能以肉眼無法捕捉的速度發動連續攻擊，就連遊戲尾盤的頭目亦能一招擊破。如此這般的角色們阻擋在眼前，通往最強的道路說是難如登天也不誇張。

「但是既然要變強……」

雖然清楚明白這一點，我還是想以巔峰為目標。話雖如此，我不打算阻撓女角們的成長，使之實力弱化再勝過她們。畢竟她們都是我心愛的角色，她們為了成長付出努力，要故意阻撓簡直是本末倒置。我想超越實力正常成長的女角們，登上最強的巔峰。

主角？作弊級女角？哈哈，有應該超越的目標在，反而更教人興奮吧？

前提是我真的是遊戲中的瀧音幸助。瀧音幸助擁有的「特殊能力」有機會與持有壓倒性才能又受到優待的男主角與女角們一較高下。而且要活用那能力所必需的力量，也在資料片四天王、三強以及男主角之上。

最重要的是，我擁有「遊戲知識」。

對遊戲的知識本身就是強到不能更強的作弊技能。我知道該如何開啟成為最強所需的「可能性」，也知道作弊級的「裝備」該自何處取得，知道對自己有益的「魔法具」或「財寶」沉眠於哪個迷宮，當然也明白作弊級的「技能」要如何才能取得。

要成為最強的必須條件全都湊齊了吧？

「我決定了。」

我不知為什麼來到這個世界，但是如果一定要在這個世界活下去，就以最強為目標來鍛鍊自己吧。

目標就放在超越三強與男主角，奪得最強的寶座。

之後不管是迷宮、天空城還是世界樹，無論想去任何地方都能自由探險。

就讓我玩遍這個世界吧！

雖然立定玩遍世界的志向並且開始行動，但現實情況比想像中緊迫。瀧音幸助似乎有著悲傷的過去與當下。

「呃，雙親在一年前死亡，爺爺也已經過世。和母親那邊的親戚沒有聯絡，唯一有往來的血親是過去曾照顧他的奶奶，但奶奶也因病住院。阿茲海默症因病情漸漸加重，無法善盡監護人的責任。」

看、看來瀧音幸助的人生似乎沉重到要當男主角也沒問題的程度。呃，事到如今我也無法置身事外。

「話說回來，這傢伙的境遇也太悲慘了吧？還有喔，明明人生這麼艱苦，為什麼在遊戲中表現得那麼輕浮啊？」

……回想起來，在遊戲中某位女主角聊到自己的家人時，幸助曾經短短一瞬間流露悲傷的表情。因為馬上就變回平常吊兒郎當的態度，我原本還以為是官方搞錯了，不過也許那並非失誤而是暗藏的設定。

那麼，這種狀況該怎麼辦才好？這裡像日本，但終究不是日本。我應該找警察、市公所或者學園求助嗎？

幸好他應該考上了那所魔法學園，但我不認為他付得起學費。不，更重要的是這樣下去會連飯都沒得吃，餓死街頭。

「該怎麼辦才好……」

當我坐困愁城時，叮咚聲響起。從那聲音判斷應該是訪客上門，但我實在沒心情去應門。總之該去找警察求助嗎？或者在網路上尋找可求助的對象？

我想靜下來思考，但再度響起的門鈴聲打斷了思緒。

我嘆息的同時站起身，走向玄關。

「來了來了，請問是哪……位！」

緊接著我忍不住發出怪聲。

站在眼前的是一位十分眼熟的女性。

「你好。呃～你應該就是瀧音幸助吧？」

我嚥下口中唾液。

「學、學園長……」

站在玄關大門前對我面露笑容的人物，正是魔探的舞台「月詠魔法學園」的學園長

「花邑毬乃」。

這個嘛，儘管邀我一起吃飯的女性是位大美女，而且多虧玩過成人遊戲而對她有所認識，但還是不要隨隨便便跟去比較好。至少也該先問清楚用餐地點。

「不好意思，只能準備這種地方……」

花邑毬乃神色歉疚地說道。

這種地方？這話也太誇張了。我甚至能看見寫著四個零的大量鈔票長出天使的翅膀，飄在這間高級餐廳的半空中。

「不會，沒想到自家附近就有這麼高級的餐廳，我很吃驚。」

花邑毬乃這位角色身為學園長兼理事長，不時會出現在主角群面前。話雖如此，和主角們並沒有太深的交情，雖然會在背地裡大展身手就是了。

在遊戲設定上，她是魔法界的大人物又擔任學園理事長，可以想見她財力雄厚，但是真沒想過竟然有錢到這個地步。

我輕聲吐氣後，將切成骰子狀的肉送進口中。有如海綿蛋糕鬆軟，只消輕輕一咬，肉汁便從中溢出。以醬油為底的醬汁調味講究至極，讓我口腔充滿了幸福的感覺。我以前吃過的那種有如拖鞋鞋底的肉實在沒有兩相比較的資格。

我享用著過去從未品嚐過的豪華菜色，同時仔細打量毬乃小姐。完全看不出年齡的細緻肌膚；微微起波浪的柔順捲髮令人不由得想伸手觸碰；眼角稍微下垂的紫色眼眸給人溫柔的印象。

「怎麼了嗎？」

也許是我直盯著花邑毬乃的臉猛瞧，她稍稍歪過頭對我這麼說。

但是「因為成人遊戲的登場人物就在眼前」或是「從外表年齡實在無法想像妳有個女兒在學園教書」，這些話我當然說不出口。話說母親輩的美女在成人遊戲中常見，但她未免太年輕了吧。要是穿上制服，自稱學生可能也不會被拆穿。

「沒有，只是很難相信魔法界的名人就在眼前……」

總之先隨便找藉口搪塞。如果這世界和遊戲一樣，她肯定是知名人士沒錯。

「哎呀呀，這種事用不著在意喔。況且日後要請你更輕鬆自然地與我相處。」

啥？我搞不懂她想說什麼，一頭霧水地左思右想。

花邑毬乃微微瞇起眼睛，表情凝重。

「瀧音幸助。」

「是、是的！」

剛才悠悠哉哉的她消失無蹤，我從她的話語中感受到壓力，不由得正襟危坐。

「我就直說了。你要成為我的養子。」

「……？」

咦？她剛才說什麼？

「你會成為我的孩子。」

「……咦！」

這是怎麼回事？簡直莫名其妙。為什麼又有超展開在這種時候發生！

「不好意思，未與你討論就擅自辦理手續，但是基於魔法師保護法，親權已經轉移到我這邊了。」

親權轉移了？拜託先稍等一下，這到底是怎麼回事？我也想過我必須把親權轉移給某人，或是成為自己家的戶長才行，既然如此我就該去戶政事務所辦理登記手續……等一下，這世界在這方面是怎麼處理的？

不對，事到如今這些事已經不重要了。花邑毬乃成為我的監護人？她可是月詠的魔女喔！傳聞中憑一己之力粉碎Ｓ級怪物的魔女。明明育有一名早已成年的女兒，肌膚依舊白玉無瑕，容貌看上去無異於學生的那位魔女！並未列於攻略對象中令玩家絕望，造成大批紳士進攻官方網站客服區的那位魔女！到最後還是沒晉升為主要女角（可攻略對象），甚至沒有追加任何新事件的那位魔女！

「請多多指教。」

「請、請多多指教？」

在這之後，她對接二連三遭遇不幸的瀧音幸助表示憐憫。話雖如此，精神並非瀧音幸助，而是我，我完全沒有遭遇不幸的實際感受。

緊接著我聽花邑毬乃解釋才知道她是母親那邊的親戚，而且是母親的表姊妹。外公原本也說要撫養瀧音，但因為母親將遺言留給毬乃小姐，才由毬乃小姐成為監護人，日後學費和生活費也會由毬乃小姐幫我支付。

「然後希望你搬進我家，準備上沒問題吧？」

「妳家……？咦？不是學生宿舍喔？」

我不由得吐槽。

月詠魔法學園是國家出資建設的魔法教育機構，實力絕非平庸，不只全國的強者，甚至連外國的菁英都前來深造，令人不禁納悶為何笨蛋瀧音能考上這種超一流學園。

正因為多種國籍的學生齊聚一堂，才會特別建設學園宿舍吧。瀧音幸助在遊戲中住在宿舍，而且房間就在主角旁邊。

「當然那樣也無所謂，但我們還是會成為一家人。家離學校也不遠，而且為了增進感情，我想和你一起生活。」

……先稍等一下。我現在腦中一片混亂。

光是我變成瀧音幸助這件事就已經莫名其妙了，得知遊戲中從未提及的超沉重祕密，接下來還要住進美魔女的自家與她共同生活？

這種好像成人遊戲劇情的事態真有可能發生？

不，如果這世界真如同遊戲中，這裡就是成人遊戲的世界吧。但是我應該只是陪襯用的配角，隨便吹口氣就會飛走的無足輕重的小人物，她卻要我這種人住進她家？而且她家裡應該——

「但是您有位女兒吧？我想她應該不願意……」

花邑毬乃的女兒還年輕，但已經在學園擔任教授，遊戲中她會將重要的技能傳授給男主角。我記得設定上她接手了已逝父親的研究。話說既然毬乃小姐和母親是表姊妹，我和毬乃小姐的女兒也算遠房表姊弟吧。

「而且——」

我還想繼續說下去，但她以手勢打斷我。

「確實我有位女兒，但我已經徵求她的同意，更何況你用不著介意這些事。」

不是啦，就算妳這樣講……如果我不住在宿舍，會不會使得男主角身旁數個事件無從發生啊？

當然我無法說出口。在我思考該怎麼辦時，毬乃小姐微微搖頭。

「……需要一點時間考慮吧。不過希望你明白，我們都歡迎你。」

她大概有了誤會，想體貼地順應我的心情。其實我只是因為其他原因而煩惱，但就算要解開誤會也不知該如何解釋，就讓她誤會下去也許比較好。

「不好意思。」

「真是的，有什麼好道歉的？你用不著在意這些，還有不可以太見外。然後，學生宿舍開放也是在開學的一星期前，從今天開始算起要兩個星期後才能搬進去，所以這兩星期就讓你好好考慮吧，希望在這之間選擇要住宿舍或是我家。」

「好的。」

「此外不管你要不要住進來，至少要來我家一次喔。我想介紹女兒給你認識。」

哎，這也是當然的吧。畢竟我得和她的女兒「花邑初實」打聲招呼才行，好歹也是親戚嘛。

「這個嘛，請問您哪一天方便…………呃，哪一天比較好？」

她鼓起臉頰瞪向我，我換了口吻後她就立刻面露笑容。

「只要你準備好，隨時可以。其實現在馬上動身也行，不過你應該還沒做好準備吧。對了，不管你要搬進宿舍還是我家，都要先把行李寄到我家喔。」

我點頭說明白了。

「很好，運費就等行李送到之後由我付吧。我會找認識的業者幫忙，準備好之後就聯絡我。」

聽她這麼一說，我才突然想起。

「對了，我不知道聯絡方式……而且我也沒有智慧型手機。」

在我調查自己是否真的成為瀧音幸助時，曾在家中尋找手機或智慧型手機，但很遺憾地一無所獲。由於在遊戲的學園中瀧音會與男主角交換手機資訊，我認為他應該有手機或是之後會買才對。唉，反正入學之後就能使用其他聯絡方式，那種方式會成為主流就是了。

「我都忘了，你從一年前就沒在帶手機了。」

說到一年前，大概就是雙親過世那時候吧。雖然不知道為什麼，但應該有某些理由吧。

「接下來就去買吧。」

「啊，其實沒有電話也不怎麼傷腦筋。」

我也不覺得非要不可，況且根本沒有要聯絡的對象。

她的眉毛向下彎，用彷彿看著可憐之人的眼神看著我。

「父母被魔族殺害之前，你接到了電話對吧？我也是接到電話才知道。可以想見那在你心中造成深刻的創傷。」

「！」

瀧音幸助這傢伙到底有多不幸啊？對他的境遇，我已經無言以對。

仔細一想，每次主角打電話給瀧音幸助，他絕對不會接。每次都說剛好在睡覺，原來是因為心理創傷啊！話說他的父母都死於魔族手中，難怪面對魔族會反應過於激烈。

「但是發生什麼事的時候，身上有打電話的工具就是不一樣，我希望你盡可能帶在身上。要是有個萬一，我會立刻趕過去。」

同情真教人難受。話說明明境遇這麼艱辛，在學園還扮演那種吊兒郎當的角色簡直是異常吧。也許早就不正常了。我之前就覺得這角色偶爾會脫口說出跳針的台詞，但有這種境遇大概不能怪他吧。至於手機嘛……

「呃，妳要買給我？我會隨身帶著的……」

毬乃小姐擔心至極地打量我的表情。

「不用太勉強自己喔。」

她如此說道。我自己當然無所謂勉強與否。

飯後我們立刻前往手機店，取得了智慧型手機。我的新母親一走進店裡就開口說：

「給我價格最高的那種。」讓我嚇破了膽。

一段時間後我們回到家門口，我向她詢問接下來該如何是好。要兩個人連忙開始準備搬家？還是要到戶政事務所辦手續？我猜想各種可能性，但答案出乎意料。

「不好意思，雖然我還想多陪你一下，但接下來我有工作在身……」

如此說完她便離開了這個家，扔下我一個。

若要幫毬乃小姐講幾句話，她一定也是個大忙人吧。這我能明白。她可是學園之主，而且在魔法界也位高權重。

但是一登場就發出驚人宣言成為我的母親，當天就因為要工作而一段時間無法見面，這到底是什麼意思？

對我自己來說……哎，也沒什麼大不了的。不知是轉生進入這具身體，又或者是與他交換靈魂，總之我對他的不幸毫無真實感。

但是，瀧音幸助在遭遇諸多不幸之後，突然有了新的親人而且還要搬離原本的家，心中想必充滿了不安，然而新母親又無法陪伴他，趕著去工作了。

瀧音幸助的處境已經來到讓我懷疑他在遊戲中為何沒有變成繭居族的程度了。總是興奮地說著「真的假的～～！」或「拜託這太扯了啦！」或「那個美眉超可愛的吧？我們去搭訕吧！你來扮流氓，我來當瀟灑現身的英雄。」回想起來實在難以置信。

「真的有夠可憐的耶……」

哎，瀧音幸助的處境就先放一旁，總之要解決自己當下的困境。

「話說回來……這也太多了吧？」

一個厚重的信封擺在眼前，成疊鈔票自信封口冒出。這似乎是毬乃小姐口中「一星期的生活費」。對此我唯一能明白的就是——

「毬乃小姐的金錢觀已經麻痺了啊。」

我從信封取出鈔票。若用我高中時領的零用錢來計算，大概要存上數十年。連續一星期叫頂級壽司外送也無法耗盡，甚至可以買一輛車。

全部花完也沒關係喔！雖然她笑著這麼說，但這到底要怎麼花用？難道要我去買名牌手提包或高級手錶嗎？其他高價的東西……就這世界來說應該是魔法具之類的吧？

「……等等喔。」

我是不是已經拿到非常了不起的東西？一般人夢寐以求卻難以得到的事物。

金錢與權力。

看來朝著最強前進的這條路上，一股順風正吹在我的背上。

我決定把拿到的成疊鈔票用來強化自身，立刻開始行動。首先就從詳細確認現況並且擬定計畫開始。

「果然沒有攻略Wiki能用啊……既然這樣……」

成人遊戲基本上沒有攻略書這種東西。若想取得遊戲攻略的相關資訊，網路可說是唯一去處。由各路有志之士提供資金才得以建立的Wiki上詳細公開了與女角對話會出現的選項、戀愛模擬遊戲的結局分歧條件等等的攻略，甚至還有敵人的詳細數值、戰利品掉落表或傷害值計算公式等。

「至少有那個Excel檔就好了……哎，反正也不曉得能不能派上用場。」

那檔案參考了Wiki的資訊，其中包含了我個人蒐集的詳細數據彙整，以及最佳化的等級提升途徑。其中有為ＲＴＡ（Real Time Attack）準備的數據，甚至還有調整亂數用的表格，不行，在遊戲化作現實的當下應該無法調整亂數吧，因為根本無法回到標題畫面。

「不過當下的問題比攻略資訊更根本啊……在遊戲中只要按個按鍵就能發動魔法，現在卻要從魔力循環開始。」

既然這樣，首先就熟讀這本書以了解魔法的常識吧。我拿起了擱在身旁的書本。

猴子也能懂的魔法。

我泡了紅茶後放鬆身體深深坐下，快速瀏覽。書中內容始自說明魔法的概念、基本的魔法，到簡單的應用魔法。簡直像是為我準備的一本書。

「強化魔力的手段是回收魔素以提升等級，以及使用魔法直到極限……」

在遊戲中就算不把魔力使用到極限，也會有所增減才對。除此之外還有提升等級、使用特殊道具、藉裝備提升數值等手段。哪邊才是正確的？現在我必須知道的是正確的究竟是這本書還是遊戲設定，又或者雙方都是正確的。

「需要去驗證啊。」

驗證就之後再說吧。應該先把書讀完加深知識後，再開始摸索有效率的驗證手法。

讀完之後就是驗證和實驗。我決定先用自己來確認書中內容是否正確。我選了幾個就算失敗應該也不至於危險的魔法，來到庭院詠唱。

也許該說意料之中吧，一部分的魔法確實沒問題。然而打從一部分的初級魔法就發生了我預料中的問題。

「……我果然對放出系魔法毫無適性啊……」

遊戲中的瀧音幸助在強化身體或對物體賦予魔力等方面豈止沒問題，甚至是出類拔萃的超一流水準。另一方面，在放出系魔法則幾乎沒有適性。

「水槍。」

發動的同時，小顆水球飛了出去。不只速度遲緩，軌道也明顯下墜。當然也無法精確瞄準，更遑論威力。經過努力鍛鍊也許勉強能夠使用，但是強化身體之後隨便撿起石頭扔出去的威力還比較強，實在找不到特地使用的理由。硬要找些用途的話，在打掃上滿方便的吧。這與我的預料相同，一如遊戲設定。

「呼～～」

我輕吐一口氣，抓住長圍巾。成為瀧音幸助後越是深入了解自己，就越明白這相當於個人特徵的圍巾就是對他而言最棒的道具。

「就是為了發揮自己的長處，那傢伙才會老是戴著長圍巾。」

考慮到他的特性，這可能成為我的最強裝備，就與遊戲中相同。

「既然這樣，就用這筆錢買圍巾吧。雖然用現在的圍巾也可以，但應該還有品質更優良的選項才對。」

嗯，就這麼辦。除此之外還有什麼要順便買的？哎……硬要說的話，就是書吧。現在的我壓倒性地欠缺知識。不，書籍應該有免費取得的管道。更正確地說，就在剛才我得到了這條管道。

「去拜託毬乃小姐吧。」

只是書籍的話，她應該願意借我。

不過，購物和借書還是放到其他日子解決。時間已經不早了，那現在該做什麼？

「練習身體強化魔法和賦予魔法吧。」

我回到房間翻找衣櫃，找出運動服換上後，用平板終端確認自家附近的地圖。走出家門後發動身體強化魔法，開始慢跑。

附近就有個偌大的公園實在非常幸運，還設有慢跑用跑道更是幸運。大概是為了夜間慢跑的人，慢跑跑道旁設有數盞路燈，跑起來非常舒適。

不過，要是有人與我擦身而過，恐怕會感到錯愕。事實上剛才與我擦身而過的人就回頭多看了我一眼，換作是我也會有同樣的反應。

劈開大氣般奔馳的我正用其他人的兩倍速奔跑。這是身體強化魔法的影響。憑這個速度在地球上要改寫短跑世界紀錄也是易如反掌吧。

此外，其他跑者會特別注意我也並非只有這個理由。因為他們凝視的目標在我的身後──隨風飛舞的圍巾。

為何慢跑時要戴著圍巾？想必他們一頭霧水。如果這裡是有很多角色扮演跑者的東京馬拉松，也許沒什麼好奇怪的，但我戴著這條圍巾有其明確的用意。

我一面慢跑一面將魔力注入圍巾，原本輕盈地飄浮在半空中的圍巾突然靜止不動，硬化得有如鐵塊一般。

這就是瀧音幸助最拿手的魔法──附魔。他能將龐大的魔力注入圍巾，當成自己身體的一部分般靈活驅使。在遊戲中這技能名稱為「第三隻手」和「第四隻手」。

此外這條圍巾的泛用性很廣，也能用魔力使圍巾本身的性質產生變化。可使之硬化得像鐵一樣以當作盾牌，若賦予水屬性也能變成彈開火屬性的小型牆壁。此外，因為能當作自身四肢般自由操縱，雙手加上圍巾的兩端同時持劍可施展四刀流。另外只要賦予冰屬性，在夏天也不需要冷氣。真是優秀的能力。

我記得遊戲中的瀧音幸助確實能靈活操縱圍巾招架或抵擋對方的刀劍。若要強化我的近身戰鬥力，這是不可或缺的技能。他直到遊戲尾盤才學會如何自由操縱，我也必須練習到同樣的靈活度。

到底跑了多久呢？感覺大概跑了五公里，但是不怎麼疲憊。大概是身體強化魔法的影響吧？按照這種感覺估計，要再跑個十倍距離應該也沒問題。

我對至今仍然充盈的體力感到疑惑的同時，結束了慢跑訓練。瀧音幸助的魔力似乎一如遊戲設定龐大。儘管那樣連續消耗，只施展身體強化加上對圍巾的魔力賦予，看來還無法耗盡魔力。

「要先摸清自己的極限啊……況且不清楚的話，就搞不懂提升魔力的條件。」

只是做普通的訓練實在無法立刻將魔力全部消耗，需要更有效率的魔力消耗手段。難道沒有將自身狀態化為數值的魔法嗎？有的話很多事都會方便許多才對。

「哎，只能從辦得到的事著手了。」

現在就先練習賦予魔法吧。

經過一番調查後，容易傳導並賦予魔力的布料似乎是以魔物為素材製成的最佳。而且還要額外追求平常環繞脖子的觸感夠舒適的話，選項就不多了。

我檢視四周琳瑯滿目的魔法具，嘆了口氣。

魔法具綜合商店裡商品非常多，但要問是否有想要的品項，又並非如此。雖然只是想要的商品太過特殊才找不到就是了。

「呃～～您要找四公尺長的披肩？沒有長到這種程度的披肩耶……畢竟是現在這個季節。而且要這麼長的尺寸，建議您直接購買布料也許比較好。」

我想也是。一般的圍巾或披肩有兩公尺就算很長了。這長度的兩倍，已經把掛在後頭拖地當前提了。

「說的也是。」

我這麼應聲，移動到店員為我介紹的手工藝區，這才不由得嘆息。

我將純白的布料拿到手中，旁邊則是灰色的布料，一旁還有黑、紅、黃色等一字排開，盡是些顏色單一的布料。而且越是追求魔力的傳導效率，顏色的種類就越少，價格也更高。

「總之就選這個吧。」

煩惱到最後，我選了兩塊單色的紅布料。布料使用取自魔物的絲線織成，兩塊加起來大概是學生時代的零用錢約二十年份。只能祈禱它們會發揮合乎價格的功效。

回到家，我立刻取出新買的布料纏在脖子上。緊接著站起身，確認圍起來的感覺。

「四公尺好像太長了啊。不過魔力傳導好得沒話說，不愧是阿刺克涅的絲。」

長度之後再剪裁調整就好，而且魔力的傳導效果非常棒，可說無可挑剔。唯一教人遺憾之處就是——

「魔力一旦耗盡就會拖在地上，而且好像很容易勾到東西。得想點辦法……」

反正目前還不要緊就算了。我暫且擱置這些問題，將魔力注入布料中。緊接著開始進行靈活操縱布料的訓練。

但是這和圍巾相比困難多了。

問題在於長度嗎？動起來的靈活度比不上之前圍的圍巾。如果問題在於面積，長和寬都是之前的兩倍，這樣的結果也是理所當然。不過考慮到日後的問題，還是使用長度較長且面積較大的布料更好吧。

「只能鍛鍊了……」

我立刻換上運動服，將剛才的布料如圍巾般纏在脖子上。隨後便開始進行一面慢跑一面增進靈活度的訓練。

我一邊跑步一邊循環魔力，驅動布料。用第三隻手（布的右端）斜向四十五度揮擊，用第四隻手（布的左端）掃腿，左右同時毆打。

目標放在靈活操縱雙手的同時以自己的雙手雙腿進行攻擊。瀧音在遊戲中並非打從一開始就持有「第三隻手」與「第四隻手」，而是因為「操縱習慣了」之類的理由才習得這項技能。最後發展為四刀流，變成有如阿修羅的戰鬥流派。儘管如此，他還是因為特殊的理由屈居戰力二線就是了。

總之，越快熟悉這項能力越好，最好是在開學前，而且要在搬進花邑家之前。

如果來不及習慣，在瀧音幸助入學後女角會跟他打模擬戰，到時候會傷腦筋吧。雖然要按照遊戲流程走的話，應該要輸掉就是了。

哎，有很多劇情旗標我接下來打算一一折斷，因此也有可能根本不會交手。

「還需要不少練習啊……」

用便利商店買的餐點隨便果腹之後，我再度開始一邊慢跑一邊循環魔力，同時加上靈活操縱布料的練習。結束之後就閱讀自己房間裡的魔法書，將內容統統裝進腦子裡，思考日後該如何行動。

「最重要的是提升等級和取得技能吧。」

看書之後才發現原來這個世界和遊戲中一樣有等級的概念。綜合等級、身體等級、魔法等級、抗性等級、搜敵等級、匿蹤等級等等。除了綜合等級，似乎還有很多細項分類，但是大概不可能涵蓋全部，和遊戲相比之下，種類之多似乎超過兩倍。不過細項分類的等級都是學者推測「應該存在」，實際上是否真的存在好像還不確定。目前唯一確定的是，一定有大致上的等級。

為何能如此斷言？原因是有魔法具能判斷大致的等級。不過那似乎不是能輕易取得的道具，在世界上並不普及。

我這麼思考的時候，傳來門鈴叮咚聲。我令魔力繼續循環並走向玄關。

「呵呵，工作總算告一段落了。」

出現在眼前的是相隔幾天再度見面的花邑毬乃。我立刻請她進門，她毫不遲疑地走進家中。

「幸助平常一直在練這個？」

毬乃小姐伸手拿起注入了我的魔力的布條。從旁看起來也許像飼主（毬乃小姐）牽著狗（我）的繩子。

毬乃小姐用手撫過那條披肩。觸感想必根本不像布料吧。澈底灌注魔力並使之循環後，我能讓這塊布料堅硬如鋼鐵，而且隨我的想法靈活動作。

「也不是一直，只是最近為了練習才隨時戴著。」

「……你的賦予（Enchant）和魔力量超乎常人啊。」

我點點頭。

事實上，遊戲中男主角的夥伴群裡魔力量最多的角色就是瀧音幸助。即使和能從遠距離接連發動強力魔法轟炸的主要女角相比，魔力量還在她的兩倍之上。不過只要繼承上一輪的檔案且大量服用提升能力的強化道具，不管什麼角色都能追上瀧音就是了。

此外，由於魔力量充沛，瀧音幸助常被認為是從遠距離自由自在施展魔法攻擊的角色，但事實並非如此。他主打近身戰，無法施展大規模魔法。就其他遊戲的常識來看，簡直是不可思議的角色。

但是對他而言魔力量十分重要。在遊戲中他背負著不管任何行動都必須消耗魔力的缺陷。明明沒有施展魔法攻擊，魔力卻不斷減少。明明魔力量最高卻又容易魔力耗盡，可說是十分罕見的角色設定。但因為有第三、第四隻手這種特異技能，只要運用方法得當就能大展身手，該說是老手專用的角色吧。

現在回想起來，每次行動魔力都會減少，是因為他將魔力注入圍巾，把圍巾當作第三、第四隻手吧。就像我現在做的這樣。

不過，在我的印象中，他在遊戲裡常常魔力耗盡而無法動彈，實際上親自試過後發現似乎沒有這麼嚴重，難道是我的錯覺？或者是因為平常使用才像這樣，一到戰鬥時就會因為場上氣氛跟緊張感等條件而改變？這方面在體驗戰鬥前先詳細驗證會比較好吧。

「如果能澈底活用這個……很了不起喔。專心防禦的話就相當於尺寸數公尺的鋼鐵盾牌，用來攻擊應該也能擊碎岩石。」

此外還能讓披肩拿起武器跟防具，或是賦予各類屬性。

瀧音幸助這種體質特異的傢伙在遊戲中還有數名，當然特性天差地別就是了。

「幸助，還能灌注更多魔力嗎？還有能不能把布張開當成盾牌？」

順應她的要求，我對布料注入更多魔力。隨後我改變布料形狀，展開為扇形。

毬乃小姐摸了摸布面後，吐出驚嘆。

「看來連我的魔法也能抵擋到一定程度啊……不過可以別像這樣張開，盡量逼近圓形嗎？」

「什麼意思？」

「這樣萬一承受強力攻擊時無法吸收衝擊力。而且一旦同樣的位置屢次遭到攻擊，時間長了就可能被打破。既然這樣就應該展開為圓形，讓你能夠偏轉攻擊力道。」

確實在遊戲中見到的盾牌大多設計為曲面，原來是為了偏轉力道啊。或者為了卡住對方的劍，反過來加上倒鉤也許會更好？不行，萬一無法承受衝擊會整個人被打飛，還是偏轉力道比較好吧？這方面就看戰鬥對手了。

「幸助能維持這個狀態大概多久？」

「現在大約是十個小時？當下目標是放在二十四小時……」

但那是過著普通生活的狀況下。要是在冒險或戰鬥途中，在其他事項上應該也會消耗魔力。

毬乃小姐傻眼地嘆息。

「單論附魔能力和魔力量的話，應該更在我之上吧？」

「也許真是這樣沒錯，但是放出型的魔法一竅不通……」

「呵呵，既然這樣就得早點在學園找到好夥伴（隊友）。幸助你一定可以突破學園迷宮的最底層。」

誠如毬乃小姐所說，夥伴確實非常重要。但有時候也會遭遇隻身作戰的狀況，還是要準備一些對策才行。

「真是這樣就好了……」

此外在組隊方面也有問題，就是該怎麼挑選隊員。

「怎麼了嗎？」

「啊，沒事。只是在想真能找齊隊員嗎？」

我加入男主角的小隊，一定是與強力夥伴共同行動的最簡單方法吧。但是打倒男主角也是我的最終目標之一，要成為他的小隊隊員真的好嗎？

等等，現在還是先加入比較好吧？讓主角變強到一定程度，然後打倒魔王。要攻破那個迷宮非常煩人，要打倒魔王也很麻煩。

現在還有考慮的餘地。要是即使放著他不管，他也會自己變強，我獨自一人鍛鍊也可以。剩下只要召集一群有成長潛力的隊員就好了。應該……能湊齊吧？

幸助一定能辦到的——毬乃小姐笑道。

前往花邑家的移動過程是段無比幸運的時光。那並不是因為花邑毬乃是位有如高中生的美人。呃，這一點不能說完全沒有啦，此外我也無法否認每當肌膚略有接觸就令我心神不寧。

不過，最重要的還是從月詠的魔女這位魔法界大人物口中得到了不少知識。

「所以說，使用魔法真的與提升魔力量有關啊？」

「是的，你平常在做的隨時賦予魔力可能最有效果，但那也只有你能辦到吧。」

她說像我這樣運用魔法，一般的魔法師馬上就會耗盡魔力。唯獨擁有超常的魔力量與附魔魔法適性的我才勉強能適用這個方法。

「話說回來，你還真是努力啊。」

「會嗎？」

毬乃小姐先拋出一句「其實我也沒什麼資格講你……」後說：

「你總是滿心都想著魔法呢。」

她苦笑道。那口吻像是在捉弄我，又像是有點傻眼。

「真的嗎？」

「真的啊。不過，你用不著那麼勉強自己喔。」

看來她這句話並非出自捉弄或傻眼，而是擔憂。話雖如此，我完全沒有逞強。

「我真的沒有在勉強自己，只是魔法很好玩而已。」

單純迷上了魔法的有趣之處。在日本也有我這種人吧，連續好幾個小時一直閱讀，玩遊戲玩到日夜顛倒，或是一整天踢足球。那是因為喜歡才能辦到。

「這樣啊。有什麼問題想問都不用客氣，儘管問我。」

這我當然會問。

「好的，那我就不客氣了……」

之後在魔動車約一小時的車程，她為我上了一堂魔法課。在抵達最初的目的地時。

「那接下來就暫時分頭行動了。不好意思，因為我的工作給你帶來麻煩。」

她歉疚地這麼說。現在似乎有個人她非得親自見一面不可，因此希望我等候一段時間。

「沒這回事。其實反倒是我給妳添了麻煩才對。」

衣著、食物、住處。我沒有賺錢的能力，日後的食衣住全都仰仗她。再加上這條披肩，原本只是一塊布料，也是她幫我縫製成披肩。居然連手工裁縫都懂，到底是有多萬能啊。

她那依然緊緻水嫩的臉頰微微放鬆，露出笑容。隨後她輕輕伸出手，溫柔地在我額頭上彈了一下。

「你是家人，造成麻煩也用不著在意！」

「那毬乃小姐也是家人，造成麻煩也不用在意啊。」

我這麼說完，她面露喜色鼓起臉頰說：「真是的！」隨後便笑了笑讓臉頰消氣。拜託一下，來個人告訴我她真正的年齡吧。

和心情莫名愉快的毬乃小姐道別後，我在陌生的街道上信步而行。

「五個小時啊……要幹嘛才好？」

現在我所在的城鎮有座連接世界各國的機場，街上隨處可見不同民族。其中有耳朵較尖長的妖精族，還有些長著令人忍不住想摸摸看的獸耳。

在這世界各國民族齊聚之處，賣紀念品之類的店家會隨之繁榮也是必然的結果吧。特別是瀧音幸助所在的和國因為魔法技術進步，購買魔法具的客人也很多，有很多去處能夠消磨時間。

在我造訪的魔法發動媒介專賣店發現了形狀繁多的魔法具。從木杖到鐵杖，還有名叫祕銀等莫名其妙的金屬製成的杖。書本形狀的發動媒介，或是手環、戒指等類型的道具。書本型的魔法發動媒介還在精裝封面鑲上魔石，異常厚實沉重。此外特別有趣的還有陽傘與棒棒糖形狀的發動媒介。

我掃視形形色色的武器，突然開始思索日後該裝備哪種武器。遊戲中的瀧音幸助慣用劍和盾。超接近型戰法的瀧音幸助對遠距離戰鬥一竅不通，戰鬥時總是一股腦朝著魔物衝過去。

可說是瀧音專用技能的「第三隻手」、「第四隻手」與大多數的近身戰鬥武器都有良好適性，那麼最適合瀧音幸助的武器到底是什麼？

出沒於Wiki的紳士玩家之間最有人氣的運用方法是讓瀧音放棄攻擊並專職防禦。右手持盾、左手也持盾；然後在第三隻手、第四隻手也裝備盾牌。因為瀧音幸助沒有角色專用武器，攻擊力原本就相形失色。當然只要每隻手都裝上劍，攻擊力也會大幅上升，另一方面，防禦力卻會低到難以置信的程度。既然如此，乾脆就讓他擔任「肉盾」，為隊伍擋下敵人的全部攻擊。

在遊戲中剛學到第三隻手的時期，瀧音堪稱銅牆鐵壁。因為主打物理攻擊的魔物也很多，絕大多數的玩家應該都會派出瀧音幸助。

但這情況只會持續到遊戲中盤的初期，接下來登場的某位作弊級鐵壁同學與喪屍般的女主角將奪走他的飯碗。當然瀧音幸助的防禦力也不輸作弊級鐵壁同學，但是作弊級鐵壁同學能輕易取得瀧音幸助所沒有的作弊級裝備，而且作弊級鐵壁同學擁有在成人遊戲中最重要的要素，那還是瀧音幸助絕對無法得到的要素。沒錯——

作弊級鐵壁同學非常可愛。

作弊級鐵壁同學真的非常可愛。

各位紳士想必都同意吧。有什麼理由一定要用這個輕浮男啊？

捨棄瀧音幸助可說是必然的結果，我也同樣拋棄了他。而且因為瀧音幸助非常擅長強化道具，也有很多玩家將他長期放置在魔法具開發所。當瀧音幸助待在魔法具開發所，就能讓開發魔法具速度大幅提升。但是擺在魔法具開發所的角色不太會成長，因此他的等級也難以提升，於是最後失去參戰機會，被迫永遠在魔法具開發所揮灑汗水。

瀧音幸助這個角色總是口口聲聲說想變強、想打倒魔物，但是某位神祇（遊戲玩家）奪走了瀧音幸助原有的自由，被迫在魔法具開發所專心研發，簡直像在黑心企業上班一樣。另一方面，在劇情中主角和女主角們又把他當作沒智商的輕浮男。真是命途多舛的孩子啊，明明他實際上歷經了不幸又悲慘的人生……

「這位客人，請問您還好嗎？」

大概是因為我的表情太過悲痛，褐髮的店員神色擔憂地凝視著我的臉龐。

還是別在店裡沉思吧。

約好和毬乃小姐集合的地點是名稱當中有一部分非常耳熟的大飯店。

「花邑大飯店啊……」

銀白大樓矗立於眼前，尺寸和四周的建築物相比有如鶴立雞群。專為富裕階層所打造的這棟飯店雖然富麗堂皇又造型新穎，還是與自然景觀十分調和。坐落於大廈旁的那座美麗庭園，究竟要花費多少金錢維持景觀呢？

「花邑財團啊。」

花邑財團是無人不知的魔法與財政界的重鎮，據說會長「花邑龍炎」的一句話就能撼動各國。我記得花邑毬乃一度離家，但現在仍用花邑這個姓氏自稱，應該還是花邑家的一員吧？而且也是肩負魔法界重擔的其中一人。不只魔法實力無庸置疑，還擁有魔法界的人脈以及龐大資產。

但現在我已經成為毬乃的養子。真要說的話，瀧音幸助的母親原本也是花邑家的一員。但是關於母親，十分欠缺消息，無論是在遊戲或是化為現實的當下。哎，雖然我隱約看得出來，她當年大概逃離了花邑家吧。

「……反正還有時間，就找間咖啡廳吧。」

我這麼想著轉過頭的瞬間，事件發生了。

炫目的閃光搶先闖進五感之中，轟然巨響緊接而來，帶著熱量的強風直撲肌膚。黑煙與燒焦的臭味四處瀰漫，周遭化作一片混沌。刺耳的慘叫聲、在黑煙中驚慌逃竄的人群。我只能目瞪口呆地盯著竄出火舌的店面。

看來似乎是附近的餐飲類店家發生爆炸了。

店內有數人爭先恐後奪門而出。有人按著手臂，有人互相扶持跑出店門，也有人用手帕摀住口鼻。我認為自己也該採取行動，將視線從店面挪開的瞬間——發現了醒目的人物。

「……那個人是怎樣？」

與其他臉上寫滿恐懼慌忙逃竄的人們不同，他面無表情。光是這樣就已經很異常了，他也不曾環顧周遭，神情沒有一絲慌亂。

不只是神情，行動也令人費解。他並未前往逃生的人們聚集的方向，而是快步走向飯店。看起來就像是暗藏某些目的。

他當下前往的飯店正是我們預定要住宿的花邑大飯店，現在焦急的客人爭先恐後衝出飯店大門。他們見到一旁的咖啡廳而呆愣住，有幾人取出智慧型手機打電話，也有一部分人趁機拍攝火災現場。

眾人都朝飯店外狂奔，面無表情的男人卻走向飯店內。我悄悄跟在那男人身後。

飯店內充滿了喧鬧聲。客人與客服人員大為混亂，怒吼聲與孩童哭聲響徹大廳。那男人毫不理會大廳的混亂情景，走了幾分鐘後終於停下腳步。

他面前是一扇門，門旁站著一名身穿西裝的紅髮男性。他們似乎正壓低聲音交談，但內容我聽不清楚。

我探出身子想稍微拉近距離，這時聽見門的另一側傳來細微爆裂聲。

站在門前的紅髮男性咂嘴聲傳到我耳畔。紅髮男性似乎對面無表情的怪異男人說了幾句話，隨後兩人一同進入室內。我悄悄追上去。

他們進入的似乎是個寬敞的大房間。原本大概正在開自助餐式的餐會吧，房內擺了數張桌子，桌上擺放著料理與餐盤。現在許多餐點散落在地上，弄髒了豪華的地毯。最後我注意到有數名身穿西裝的男性不知圍著什麼。

我溜到附近的桌子底下，掀起覆蓋桌面的桌巾，鑽進桌底藏身。緊接著我凝神傾聽他們的聲音。

「你這叛徒！」

似乎有位年輕女性情緒激動地斥罵某個人，指責對方沒有身為人最重要的事物、竟敢恩將仇報等等。我聽著那不知歇息的咒罵聲，同時掀起桌巾。當我認出被男人們包圍的女性，不由得倒抽一口氣。

被包圍的是三名男女。尖耳朵的俊男和同樣尖耳朵的美女挺身將一位女性擋在他們身後，兩人都拿著武器。

那位受到保護的女性……

不就是其中一位主要女角嗎！

一頭金色長髮加上蒼藍眼眸的女性。大概是因為氣憤，她的眼角往上挑起，有點尖尖的耳朵不時抖動。不會錯。

那位妖精就是遊戲封面圖上的主要女角（可攻略女角）其中一人，人氣投票總是名列前茅的琉迪薇努・瑪莉・安潔・多・拉・多雷弗爾！

因為名字又長又難記，她的朋友與諸位紳士稱呼她為琉迪。

不過，被遊戲中的琉迪斥罵而萌生快感的小部分性癖特殊的玩家——又稱琉迪病患者——這些玩家自然能將她的全名倒背如流。當然我也能隨口說出她的全名，也能背出以前流行的輕小說中粉紅髮色傲嬌平胸女主角的正式全名。為何我能輕易記住那些長到不行的人名，但是背書就讓我頭痛萬分？

言歸正傳，琉迪是哪種類型的女主角？

在原作中她是個有男性恐懼症——更正，對人恐懼症的女性。基本上態度非常冷漠，對他人的言詞異常辛辣，對男性更是如此。因此一旦靠近她，她就會以惱怒的語氣說「離我遠一點」。但那只限於剛認識的時候，經過某個事件並開始交往後，態度就會一百八十度轉變。

不只是嬌羞可愛，還一心一意為主角奉獻。

但是為此必須引發與她有關的某個事件並解決才行。

此外，就算歷經了這個事件，她對男主角之外的其他男性態度依然刻薄，瀧音幸助在她眼中甚至連蒼蠅都不如。但也許是這種特色刺激了諸位紳士的獨占欲，她在玩家間的人氣異常地高。即使是在遊戲推出資料片（追加更新檔）之後，女主角從十二人增加到兩倍以上，她的人氣依舊不減。

那麼，為何琉迪會對他人——特別是對男性如此厭惡呢？也許我現在就撞見了造成原因的現場。

形狀怪異的槍正指著被逼到絕境的琉迪等人。剛才出現在咖啡廳的面無表情的男人也一起舉著槍。

「大小姐似乎誤會了。我們並沒有背叛，只不過打從一開始就站在這邊罷了。」

光頭男對琉迪如此回答。就狀況來推測，他們應該原本是琉迪的屬下。琉迪因憤怒而皺起臉，咬牙切齒。儘管被那群男人漸漸逼向牆邊，她的眼眸還是沒有放棄的神色。

目睹那情況的同時，我回憶起寫在遊戲開發者部落格的內容——

『琉迪之所以那麼厭惡男性，其實原本有明確的原因。只是如果按照那個設定，琉迪就不是處女了。於是上司就跟我說「玩家的怨言會堆到跟富士山一樣高，唯獨非處女設定就算天崩地裂、死而復生轉世投胎，甚至次元改變或邪神附身，總之絕對不准用」ｗ。哎，於是設定成雖然發生過一些事，人還是處女之身這樣ｗ』

照這段描述，劇本家原本設想的應該是向我們這些紳士（成人遊戲玩家）宣戰般的設定。

此外，在遊戲中與琉迪加深感情後，她的過去也會逐漸揭露，內容就與當下的狀況一致。「我曾經被相信的人們背叛」——泫然欲泣的她如此傾訴內心傷痛的身影依然烙印在我的腦海。現在就是那個當下吧。

既然這樣，我該怎麼做才好？

現在就出手搭救琉迪很可能大幅改變之後的故事。與她敵對的組織在故事序盤至中盤是重要的反派勢力，那個事件可能就不會發生了。不過，就這樣袖手旁觀真的好嗎？

不對，先冷靜下來，還有更根本的問題。現在的我真有本事救她嗎？

他們手中拿的未知武器，憑我現在手上的裝備真能抵擋嗎？我身上只有一條披肩和帶著備用的一條圍巾。萬一這片披肩被射穿……

而且從未打過實戰的我真能派上用場嗎？算得上與戰鬥有關的經驗，只有學生時代練過的柔道，除此之外一竅不通。這樣的我真能救她？

況且要是按照遊戲劇情，毬乃小姐將會登場救助琉迪。不是我，而是毬乃小姐。這件事在遊戲中的台詞確實提過。

假使我現在跳出來逞英雄，萬一讓狀況惡化會如何？毬乃小姐會更難以行動，最糟的狀況也許會直通死亡結局。還是當作沒看見，直接折返比較好吧？

「妳還是放棄吧？」

光頭男對琉迪說道。但是琉迪並未點頭。

「克拉利絲站在我這邊，確實現在也許不利，但是時間拖得越久，不利的反而是你們！」

克拉利絲就是站在她斜前方持劍準備應戰的女性吧。我不記得在遊戲中見過她。光頭男對她們兩人瞥了一眼後，聳了聳肩。

「真受不了。大小姐該不會以為我們沒有準備任何對策？」

「什麼……咦？」

就在光頭男如此說完的瞬間，有東西橫越琉迪的眼前，克拉利絲隨即癱軟倒地。

經過琉迪眼前的身影正是剛才站在克拉利絲身旁的男性，看起來站在琉迪這一方的傻男。克拉利絲腹部似乎遭到重擊，正按著腹部。那個傻男提起腳踩向她的身軀。

「啊嘎～～～」

一次又一次猛力踐踏。每次都令克拉利絲發出不成言語的慘叫聲，面露痛苦表情。

「騙人、騙人的吧？這是騙人的吧……歐瑞里安，你也是嗎？」

大概因為受到背叛的打擊，琉迪臉上剛才毅然的表情頓時瓦解，好像馬上就要嚎啕大哭。就連有段距離的我都看得出她的手腳顫抖不已，明明後方已經沒有去路卻不由得緩緩後退。

直到腳跟撞上牆壁，她轉頭向後，這才理解自己再也退無可退。

「呵呵、哈哈哈哈哈！哈——哈哈哈哈哈！」

目睹她的反應，歐瑞里安放聲大笑，手按腹部，彷彿發自內心感到滑稽，發狂似的大笑。

「我就是想看妳這種表情！哈哈，不然我是為什麼要忍受小鬼頭的任性這麼多年？全都是為了這一刻啊，真是太爽了！」

琉迪面露絕望的表情，像電池快耗盡的人偶搖著頭。

光頭男等人向前逼近一步。所有人都將槍口指著琉迪，緩緩靠近。

「喂喂喂，你們先別開槍啊，殺掉之前要先好好享受一番。」

歐瑞里安輕佻地笑著說道。於是光頭男之外的其他男性爆出一陣小小的歡呼。

我取出了帶在身上的備用圍巾，用圍巾纏住頭遮蔽臉龐。隨後為了確保視線無阻，調整圍巾的位置。完成後便施展身體強化魔法，對圍巾、披肩和衣物則施加附魔。

光頭男等人步步進逼。歐瑞里安臉上掛著邪惡的笑。

就在雙方距離已經不到十公尺的時候，一條線自琉迪的眼眸往下劃。緊接著另一邊的眼睛也倏地滾出水滴。

這真是一種不可思議的感覺。憤怒幾乎要讓腦袋沸騰，不知為何思緒卻非常清晰。聽起來雖然矛盾，但感覺就是這樣，也只能如此描述。

好了，上吧。

「會導致劇情變化所以不出手」或是「自己會有危險就視若無睹」，這些選項完全沒有殘留於腦海。

歐瑞里安一腳踹飛克拉利絲之後，跨大步走向琉迪。就在他的手伸向她的瞬間，我自桌底衝了上去。

我首先把目標放在光頭男身上。用第三隻手舉起一旁的桌子，朝著光頭男等人的位置全力扔出。

原本擺在桌上的玻璃餐具碎裂的瞬間，和歐瑞里安撕破琉迪的裙子幾乎是在同一時刻。他們的注意力完全集中在眼前，對我拋出的桌子來不及反應。

有幾個人被桌子撞飛了。我衝向琉迪，同時立刻用第四隻手抓住另一張桌子，朝著男人們聚集之處扔出去。

「什麼人！嗚哇——————！」

喊完整句台詞之前，那傢伙已經被撞飛了。我一面奔馳一面用第三隻手拉起地上的克拉利絲，立刻用雙手拉進懷中改為公主抱。緊接著讓第三隻手硬化，彈開了飛向我的槍彈。

「唔！」

衝擊力抵達頭部，強大的壓力施加於頸部。

無法彈開所有子彈。雖然第三隻手確實彈開數發子彈，但似乎有一發擊中了頭部。

（還好先纏上了圍巾……）

我立刻挺起姿勢，朝著歐瑞里安跑過去，緊接著高舉第四隻手，對準了仍呆愣在原地的他使出打算敲碎那顆頭的渾身之力，猛烈毆擊臉頰。

「嘎啊啊啊啊啊啊啊啊啊～～」

我立刻伸展第三與第四隻手，一隻手支撐克拉利絲，另一隻手抱起了琉迪的身子。

緊接著將披肩攤開到足以讓三人躲藏，注入大量魔力使之硬化。

雨點般的槍彈密集灑落在披肩上。不停聽見子彈被彈開的聲音，但是披肩依舊紋風不動。看來應該不會被射穿，然而我也很明白這下束手無策了。我將視線自披肩挪開，盯著兩人。

琉迪大概正陷入混亂，愣愣地直盯著我瞧。另一方面，克拉利絲渾身是傷，但似乎勉強還保有意識。

接下來，帶著這兩人我還能辦到什麼？老實說就算只有我自己一人都自身難保了。

「喂，妳會用恢復魔法嗎？」

我對著右邊臂彎中的琉迪問道，她猛然一顫，搖搖頭。

「這樣啊……」

這回答原本就在預料中。她是專精遠距離攻擊的魔法師，基本上無法使用恢復魔法才對。當然我也無法使用。按照正常遊戲流程，只要使用遊戲中盤才能取得的道具或是透過某個事件學會，琉迪和我也能使用恢復魔法，但現在緣木求魚也不是辦法。

思考著該如何是好時，背部傳來些許熱度。

「喂喂喂，別鬧了……」

看來他們開始施展火魔法了。雖然披肩盾目前還能抵擋，但有必要盡快阻止他們。我還不曉得披肩盾的強度到什麼程度，實在不願意只是一直承受攻擊，這種賭注的風險太高了。

不，考量到現況，只能硬著頭皮豪賭一場吧。

也許我真能完全擋下對方的攻擊，但是就這樣一直防禦，一旦我的魔力耗盡就萬事休矣。現在感覺是還能支撐下去，不過一旦魔力耗盡就只是一塊布，而我本身也會失去所有戰力。

但是，就算這樣我也無法轉守為攻。

「……沒想到居然有這種缺陷，該怎麼辦才好？」

我不由得呢喃。因為我將披肩展開為半球形覆蓋自己，完全看不見前方。

披肩牆確實牢固，但是為了覆蓋全身而攤開披肩，同時也會遮蔽自己的視線，就像在眼前張開漆黑的傘。如果是透明塑膠傘就好了，還能看見對方。

不對，稍等一下喔。反過來說，對方也不明白我們現在的狀況，也許十分適合用詭計欺騙敵人。只要做好準備，出其不意……

但是又該怎麼做才好？就算想智取，我在戰鬥上能用的魔法只有用披肩操縱第三隻手和第四隻手，其他幾乎都還沒練習。要擊潰他們除了逼近，就只能找東西投擲。但如果我這麼做……

我將視線自披肩挪開凝視兩人，與琉迪望著我的不安眼神四目相對。

我現在就算發動攻勢，她們還是會遭遇危險。如果能讓我的披肩盾在這地方持續展開就沒問題了……且慢。

我用摟著克拉利絲肩膀的那隻手輕輕搖晃她。

「喂，拜託妳幫幫我！」

「唔嗚……嗚……」

如果克拉利絲能施展防禦系魔法，就會有轉機。只要請她來保護琉迪，我就能把這裡交給她，自己一人轉守為攻。

她臉上依然掛著痛苦的表情，緩緩開口：

「嗚……你、到底是、什麼人……」

我不由得咂嘴。已經沒時間解釋這些了。萬一後方那些人同時施展魔法招呼過來，我的披肩盾真的能支撐到底嗎？要是改用其他手段攻擊又會怎樣？不好的想像掠過腦海，焦慮不斷攀升。

「現在沒空在那邊自我介紹了，回答我YES或NO就好。妳能用魔法保護妳們不受後面那些傢伙攻擊嗎？」

「……嘎啊！」

我使勁搖晃她的身子，她浮現痛苦的表情。大概是身上某處骨折了吧？這下搞砸了，看來不應該隨便挪動她的身體。雖然我心生後悔，但為時已晚。

「克拉利絲！」

琉迪擔憂地注視著克拉利絲，克拉利絲也凝視著琉迪，開了口。

「應該、勉強、能用。但是、應該撐、不久。」

她如此說道。

「那就拜託妳了。除此之外，妳留在原地，裝死的同時使用魔法。」

緊接著我轉向琉迪。

「妳要裝出使用防禦魔法的樣子，讓魔力活性化之後假裝詠唱『神盾』，大聲喊出咒文。記得只是假裝而已喔。妳真正使用的是……障眼法。」

琉迪的視線從克拉利絲轉向我，用不安的表情直盯著我看。

「障眼法……？」

「對，就是這樣。『閃光』這種程度的妳應該會吧？『光明』也可以。我希望妳能嚇他們一跳，其他事就交給我。」

雖然不好意思，現在只能請她們當誘餌。對方最急著想收拾掉的肯定是琉迪和克拉利絲，理應不是突然登場的瀧音幸助。

既然這樣，他們會先針對她們下手。也許會有一部分殺向我，但只會是少數吧。

這時，先讓他們誤以為琉迪使用了盾魔法之後，詠唱遮蔽視線的魔法。只能祈禱一切順利。

「很好，重新確認，妳在我離開的瞬間使用盾魔法。然後妳要假裝使用魔法，在大家都施展魔法之後，用照明的魔法設法幫我阻擾他們的視線。懂了嗎？不好意思，馬上就要行動。有十秒準備。」

我一說完，克拉利絲立刻有所行動。只見她口中唸唸有詞，顯然正讓魔力活性化。

「十、九、八……」

琉迪也開始讓自身的魔力活性化。

「七、六、五……」

我也開始準備讓傳遍整條披肩的魔力變質。最後我讓克拉利絲身亡般平躺在地。

「四、三、二……」

我拉住琉迪的手臂要讓她站起身。最後──

「一、琉迪！站起來！盾魔法！」

我拉她起身的同時大聲叫道。

「神盾！」

光屬性的盾魔法展開的同時，我短暫解除了披肩的附魔魔法。我確認四周狀況，看來他們已經往四周散開，沒有一處特別集中。他們對於我的突擊似乎一瞬間感到吃驚，但是光頭男立刻下令：

「瞄準多雷弗爾！」

果不其然，他們把目標集中在多雷弗爾家的琉迪身上，只有離我最近的那傢伙將槍口對準我。

我立刻張開第四隻手準備防禦，並用第三隻手揍飛他。恰巧就在這時，炫目的閃光充斥室內。看來琉迪已經施展了障眼法。也許是因為室內原本就明亮，效果看起來並不顯著，但成功產生了一瞬間的破綻。我立刻逼近瞄準琉迪的傢伙們，用第四隻手抓起一個人使勁扔出去。

「嘎啊啊啊啊啊～～」

看見正在照顧歐瑞里安的男性被撞飛後，我讓第三隻手變形為盾牌，一面擋下飛向我的子彈，同時一一擊倒他們。

我將桌子之類的家具扔向對方，確認他們已經不再動彈，最後趕忙將他們全部聚集於同一處。將魔力注入掉在一旁的桌巾，蓋住他們的頭部並且灌注大量魔力賦予硬質化與固定化的附魔魔法。

這樣就能暫且安心了吧。

我嘆了口氣並將視線轉向琉迪她們，不由得屏息。

（糟糕，都忘記她裙子被撕破了。）

在我視線所指之處，琉迪衣衫不整。

大概是注意到我的視線，她滿臉通紅地用手想遮掩，卻還是無法完全遮住那件有可愛蝴蝶結妝點的白色內褲。那顏色與她白皙的肌膚非常相襯，不過穿在她身上似乎稍嫌可愛了些。而且……等等，別再繼續想下去了。

「不、不要看！」

對、對嘛，我到底是在猛瞧什麼啦！

見她臉紅到好像快哭出來似的，我連忙挪開視線在四周尋找，但我只找到了被撕碎且留有踐踏痕跡的碎布。用這個只會更加刺激她的羞恥心吧。這時我突然想到。

對了，用不著尋尋覓覓，用我穿著的披肩不就好了？

我連忙脫下披肩，視線挪向別處，快步走向她。

「啊！」

也許是因為我走路沒看路或是太慌張，我踩到了掉在地上的盤子，猛然滑倒。拿在手中的披肩奇蹟似的蓋在我臉上，我在一片漆黑之中感覺到自己的身體正在倒下。

心中大喊不妙但已經太遲了。我為了保護身體，將雙手往前撐。

原以為衝擊力道會直灌向手掌，卻毫無痛覺。柔軟的彈力。溫暖且柔軟的某物觸碰到我的手。

而且還是雙手同時。左手是稍微有些硬度但令人感覺幸福的柔軟，前端的觸感特別清晰。另一邊則非常有彈性，彷彿晃蕩的布丁……我納悶地再度收攏五指以確認觸感。

「呀啊啊啊啊啊！」

「嗯啊……！」

兩位女性的叫聲在耳邊響起。這時我終於知道抓在掌心的是什麼。同一時間，蓋住臉龐的披肩向下滑落，前方景緻映入眼簾。

「嗚哇～～～」

我正抓著琉迪的胸部和克拉利絲的臀部。見到琉迪滿臉通紅，我立刻抽回手，緊接著全力撐起身子，將披肩扔向她的下半身，隨後頭也不回地逃離現場。

「對對對、對不起～～～」

回過神來，我正坐在廁所的馬桶上。剛才大概是非常驚慌吧，逃離琉迪她們之後的記憶完全沒有留在腦中。

「我最後好像幹了很誇張的事。」

為什麼我會做出那種成人遊戲男主角才會有的舉動？跌倒後不小心抓到女生的胸部或屁股，這應是成人遊戲男主角才該做的事吧。像瀧音幸助這種丑角，對女主角開黃腔而遭到狠踹或猛毆是他的本分。但是被踢的瞬間絕不忘記欣賞裙底風光，這才是瀧音幸助這個男人的本色。

等等，我到底在想什麼？把思緒拉回正軌吧。

既然順利援救兩人，那就無所謂了——就這樣想吧。日後應該會衍生出很多問題，但是我對出手搭救沒有一絲後悔。要是剛才我沒有行動，今後我一定會為此後悔不已。不過——

「劇情會不會大幅改變啊……」

若將當下時刻與遊戲對照，現在遊戲劇情都還沒開始。因為故事是從主角入學前一天開始，還有一個星期以上。但是我這次做出的改變，很可能產生相當大的差異。

而且按照遊戲流程，琉迪要在開學後一小段時間才會登場。她入學後立刻就會引發某個事件，與主角群並肩作戰……但是現在的她會延後入學嗎？

遊戲中她延後入學的理由是老家那邊有點事，但十之八九和剛才的事件有關連。不過事件算是已經發生了，還是有可能延後入學吧。

「因為我救了她產生奇怪的影響……可能性也不是零啊。」

在遊戲中，琉迪特別崇拜花邑毬乃，那肯定是因為遊戲劇情是花邑毬乃救了她。也許這並非最主要的理由，但想必也有影響才對。

因為這次是我出手救了她，這下會如何？最糟的狀況下，她也可能取消入學直接返國。因為琉迪是主要女角，也是製作公司特別疼愛的其中一人，角色性能十分強大。若她在隊伍中，應該會成為十分可靠的戰力。

「哎，這我也沒辦法改變……現在與其想那些，先思考日後該怎麼辦還比較有建設性……」

經過這次的戰鬥，我學到了不少。首先該設法消除我的弱點。當我全力防守時，完全無法觀察周遭的情況，就像是對著全方位撐起陽傘的狀態。難道沒辦法一面張開防禦牆，一面維持良好的視野嗎？

「按照常識來說不可能，但這裡是魔法世界嘛……」

若這世界也有技能，「心眼」和「透視」也許能派上用場。在學姊介紹的某個場所應該能取得心眼，就試試看吧。

……對喔，只要運氣好，現在就能遇見那位學姊了吧？

那麼，下一個問題就是遠距離攻擊。我的能力不適合遠距離戰鬥，非常不適合。雖然我原本就知道這是弱點，但是經過實際戰鬥，讓我切身體會了遠距離手段的重要性。攜帶弓箭、槍枝或手裡劍之類的武器也許會派上用場。

在學園確認自己適合何種武器，重點式地集中練習吧。不過還是要先更加靈活掌控第三隻手與第四隻手，再練習其他武器，不上不下沒有意義。剩下的問題就是錢吧。

「錢啊……這下真的搞砸了……」

我已經花光絕大部分的錢，卻把價格最昂貴的披肩留在琉迪那邊了。而且我實在不想找她要回來。

「況且說不定我的身分還沒穿幫……」

因為剛才我用圍巾包住頭部，長相應該沒被她們看見。乾脆假裝不知道有這樁事件吧？不可能。一旦琉迪入學，身分被拆穿想必只是遲早的事，畢竟我的戰法太特殊了。

「為避免被發現，在琉迪面前盡可能不戰鬥。只有這招吧。不過總有一天還是會穿幫，要先想好對策……」

下跪求饒吧？哎，到時候就順便請她將披肩還給我。現在回想起來，我把披肩留給她是為了當作裙子的替代品，不過一旁就有桌巾能用，請她暫且將桌巾綁在腰際不也可以嗎？事到如今太遲了。

不過，備用的披肩已經送往新家，總會有辦法吧。等等——

「啊，糟糕，現在幾點？和毬乃小姐約好的時間到了嗎？」

我連忙取出手機看向畫面，卻無法確認當下時刻。

「咦、咦咦咦？……好奇怪喔〜〜」

毬乃小姐不久前才剛買給我的手機上出現一道醒目的裂痕，按下電源鍵，液晶螢幕也沒有任何反應。

在事件發生後好一段時間，我們在飯店客服人員的幫助下終於會合。為了共進晚餐，搭乘飯店幫我們叫的豪華禮車在城鎮的街道上奔馳。看來我似乎讓她非常擔心，見到面時她把我整個人緊緊抱在懷裡。還滿大的。

「欸，幸助。」

我將視線自窗外拉回車內，注視著毬乃小姐。她臉上掛著認真的表情，輕撫著應是魔法發動媒介的手環。那模樣彷彿隨時都會轟出魔法。

「有什麼事嗎？」

「你說你剛才在爆炸地點附近？」

「是這樣沒錯。」

我沒有坦承飯店內發生了什麼事，只這樣向她解釋。因為一旦要全部說明，可能就要全盤托出摸了人家胸部和屁股等等。

「今天啊，不只是發生爆炸的店家，在我們家的飯店也發生了恐怖攻擊……你知道吧？」

這我當然知道，畢竟當時我就在現場。

「當時在飯店裡有複數的犯人，其中一人現在下落不明，這你知道嗎？」

「咦？明明全都打倒了才對……」

不會吧！沒有逮捕所有人？到現在還沒逮到……換句話說當時躲藏在某處？我把那兩人留在那裡，自己逃跑了耶。

「那兩個人都沒事嗎！」

毬乃小姐閉上眼睛，搖搖頭。

「……很遺憾，聽說她們被可疑人物摸了胸部和臀部……」

不會吧？因為我慌張之下逃走，竟然害她們被變態攻擊………………奇怪？那觸感似乎還殘留在手掌上。

毬乃小姐輕聲笑著，那是一如往常的笑容。

「聽說你只是跌倒，但只差一點就會變成性騷擾喔。」

「我很抱歉。」

聽我這麼道歉，毬乃小姐發出銀鈴般的笑聲。不久她話鋒一轉，斂起了笑容。

「可是……犯人當中有一人到現在還下落不明。當然我指的不是你，而是發動恐怖攻擊的那些人。」

「所以說………」

「你自己也要當心。話說回來……為什麼你沒有詳細說明飯店裡的經過？」

「……沒說一聲就隨便跟蹤可疑的人、沒聯絡就跟別人戰鬥……再加上自己主動涉險……我覺得好像會挨罵。」

「看來你很明白嘛……」

她笑盈盈地把我的身子拉向她，用雙手夾著我的頭使勁轉動。但是一點也不痛。

「不要自己逞強，聯絡我一聲！……不過，你很了不起喔。」

她如此說完，這回溫柔地把我摟進懷裡，撫著我的頭。老實說滿害臊的。

「這次你真的做得很好。你知道嗎？你拯救的那位少女，其實是多雷弗爾皇國皇帝的二女兒喔。」

「哦……咦咦咦咦咦，不會吧！」

我抽身與她拉開距離，同時裝出震驚的反應。這個祕密我當然知道，她的結局我不知都看過幾次了。我也知道她喜歡吃醃醬菜，她吃荷包蛋喜歡灑胡椒鹽，甚至連性癖好都瞭若指掌。

「呵呵，嚇到了？」

「當然嚇到了啊，不過這麼重要的事，告訴我沒關係嗎？」

她向我告知了女性被害者的個人資訊。因為當時我也在場，讓我得知這情報也許無傷大雅，但也沒有告訴我的必要性。我原本也不打算主動問她，要是她不提起，我就會一直藏在心底，儘管日後總有一天會曝光。

「我原本也迷惘著要不要說……但考慮到今後的事才決定告訴你。」

今後？

「什麼意思？」

「因為事情還沒有非常確定，詳情之後再說明吧……看來我們已經到了。」

車子停了下來，彪形大漢為我們打開車門。我對幫忙開門的他道謝後，與毬乃小姐一同下車。

走進建築物，眼前已經擺滿了豪華絢麗的料理。我大飽口福的同時，向毬乃小姐一五一十解釋我為何會在那個地方，以及戰鬥後發生什麼事。

「哦～～原來如此啊。所以你不只是見到琉迪薇努妹妹的清涼鏡頭，還揉了人家的胸部。運氣真好啊。」

「嗯嗯，真的很走運……不要引誘我講這種話啦！」

「……該不會你其實是故意趁機吃人家豆腐？」

「不是！」

不過，如果問我想不想摸，我當然想摸。要是我下跪她就願意讓我摸，我二話不說就下跪。然而那次純屬意外，我也不喜歡未經同意就硬來。

「…………真的不是故意的？」

「真的不是！」

我這麼說完，毬乃小姐緊繃的表情頓時破冰，變回原本笑盈盈的毬乃小姐。

「那就太好了。然後啊，她們——琉迪薇努妹妹她們好像想向你道謝。」

「她們？」

「被你摸了屁股的妖精女性。」

雖然事實如此，但請不要用這種講法。

「……要見面實在很尷尬，就當成間接收到這份謝意了吧。」

「好像沒辦法這麼簡單就了事喔。因為琉迪薇努妹妹預定接下來要轉學進入我們學園。」

「咦咦～～不會吧！」

這我知道。因為美貌加上擅長風魔法，她將被稱作「風姬」，而且還會出現自稱LL的粉絲俱樂部。說起來，要是琉迪不在場，我大概也不會衝出去……不，應該還是會吧。

「就是這樣。怎麼樣？嚇到了？」

看來我的演技還不差。毬乃小姐心滿意足地點點頭。

「嚇到了……居然要進同一所學校。該怎麼辦？我好像摸到她不少地方，實在很不想面對面……」

「用不著擔心，雖然對方對此並非毫不在意，但似乎沒有動怒。況且是對方主動告訴我想找機會道謝。」

哎，如果不是這樣就傷腦筋了。那種等級的王公貴族萬一真的動怒，要求「你要負起責任」，那我恐怕只能切腹謝罪……不知怎地突然害怕起來了。下次遇見她時也許稱呼她為殿下比較好？

哎，反正會碰面也是開學後的事，還有一段時間，在那之前先擬定對策就好了。這種事就是能拖就拖。

我連連點頭，將湯端到嘴邊。

「所以說，不久後琉迪薇努妹妹她們應該會來家裡作客，你先做好心理準備。」

啥？

「咳、咳咳咳………………」

我被嗆到咳個不停，毬乃小姐的話語在腦海中反覆播放。

呃～～這是開玩笑的吧？

人世間的煩惱，大多不外乎金錢與人際關係。

不只大多數的人嘴巴上這麼說，調查和統計得到的數字也明確顯示同樣結果。

就算是玩遊戲也會這麼認為吧？特別是在成人遊戲，各位男主角的煩惱絕大多數都是如何與美少女們拉近關係。因為是戀愛遊戲嘛，這也是當然吧。而且有趣的是，諸位紳士（成人遊戲玩家）同樣會為了錢與人的問題而苦惱。

追根究柢來說，所謂的成人遊戲定價都很昂貴，一款遊戲開價萬圓日幣也不稀奇，就普通上班族的零用錢來說，實在無法大量搜購。儘管痛苦，還是必須有所取捨。

選定了要購買的遊戲後，接下來還有「人」的煩惱。買成人遊戲的首發限定版時，各個店家都會附贈掛軸、塑膠文件夾等等的店家贈品。然而，店家贈送的周邊商品圖樣大多不是女角全員到齊，而是只強調其中一位主要女角。

換言之，玩家必須在還沒玩過遊戲的狀態下，選擇以其中一名女角為主題的贈品。當然要全部湊齊並非不可能，但是面對一套近一萬日幣的遊戲軟體，平凡上班族要將每位女角（每種商店贈品）都買齊實在是難以消受。我們這些紳士必須在遊戲開賣之前就選出最可能成為自己心中第一名的女主角。

遊戲開始之後，同樣會為了人際關係而煩惱。沒錯，煩惱著要從誰開始攻略。看著遊戲封面上的諸位美少女，仔細比較之後決定攻略順序。真是奢侈的煩惱啊。雖然有時也會踩到超級地雷，在玩家心中深植創傷，讓玩家無法投向其他女角的懷抱。哎，不過這一類其實大多是神作就是了。

言歸正傳。雖然在遊戲中不曾揭露，但瀧音幸助其實懷抱著比主角更多的苦惱。不只是他的人生經歷，異於常人的能力也是，之後在新家庭的人際關係肯定也讓他懷抱著莫大的煩惱。

「那個……」

「……」

她直盯著我，一動也不動。身為毯乃小姐的親女兒，頭髮和眼睛的顏色與她相同，但是社交能力遠不如她。哎，這樣話少又沒有表情的個性，在遊戲中就是這樣了。話說毯乃小姐，我能體諒妳日理萬機，但是拜託不要突然讓我們獨處好嗎？

在我煩惱該如何是好的時候，花邑初實開口說道：

「……你的境遇我已經聽說了。」

「啊，嗯。」

「…………」

「那、那個……初實小姐？」

「…………」

她一語不發，只是擺著一張看起來不大開心的表情直盯著我。

雖然只是猜測，恐怕這就是瀧音幸助在遊戲中沒有住進花邑家的原因之一吧。

他想必無法忍受花邑初實。身為美魔女毯乃小姐的女兒，她同樣是位驚為天人的美麗女性，但是完全搞不懂她心中在想些什麼，個性也陰沉，不知該怎麼對她搭話。另一方面，瀧音幸助在旁人眼中是吊兒郎當的個性，雖然心中應該滿是創傷就是了。

就結論來說，瀧音幸助和花邑初實有如油與水無法相容，也難怪他會選擇宿舍生活了。

如果我不知道這裡是魔探的世界，我可能也會和遊戲中的瀧音一樣選擇宿舍。當然也無法全盤否認受美麗母女的誘惑而共同生活的可能性。不過，我是已經熟知魔探的變態紳士。

「初實小姐，今後請多多指教。雖然一見面就這樣要求實在沒禮貌，不過希望妳能借我一些魔法書，特別是和空間魔法有關的書。」

月詠的魔女花邑毬乃以及學園教授花邑初實就住在這個家中，想當然耳會有魔法藏書，也有兩人的研究設備，而且我已經得知這個家中有附魔用的設備。當然學園也有附魔用設備，但要借用學園的設備有時間限制，宿舍也有門禁。

也許氣氛有些尷尬，但這裡對魔法師而言是絕佳的環境。明知如此，為何要特地到其他地方生活？能利用的東西就該好好利用。話雖如此，也不能給人家帶來太多麻煩就是了。

「……這邊。」

初實小姐話才說完，立刻俐落轉身走過走廊。

她帶著我來到一間一般家庭肯定不會有的偌大書庫。

「在這附近。」

她領著我來到書庫一角。無數魔法書並排在書架上，架上還擺著許多用途不明的魔法具，還有些未經裝訂的成疊紙張。

「我可以隨便看嗎？應該也有研究資料之類的吧？」

我知道，她的研究對象是不太尋常的特殊魔法，而且日後將會傳授給男主角。

這些東西很可能參雜了研究方面的重要文件，萬一隨便擱置在附近的紙堆就是重要的統計資料或研究內容……輕易讓別人翻閱真的沒關係嗎？

「……你知道我的研究？」

「妳的父親過世之後，妳接手了他的研究……是這樣吧？」

我如此說完，初實小姐點頭。

在遊戲中沒有詳細描述，她的父親似乎是遭人殺害。在官方網站上的開發者部落格提到了「雖然構思了很多設定，但因為現實層面的問題，全部都砍掉了ｗ」，因此詳情我也不曉得。

「真正重要的東西不在這裡。」

聽她這麼說，我點頭。

「真的很謝謝妳。我會花點時間在這邊讀書。」

說完我便轉身背對她，邁開步伐。

照理來說，為了與她變親近，這時我應該試著與她交談。但就算與她交談，我也無法想像彼此相談甚歡的場面，況且要搭理我只會惹她心煩吧，畢竟感覺相處不來。

我從架上取下數本書，擺在桌上。接下來我為了一邊讀書一邊練習操縱魔力，使用第三隻手與第四隻手，幾經折騰後翻開封面。經過數天來的實驗，我已經理解了操縱的面積越大就需要越多魔力，當操縱的長度越長，動作的精密度就會隨之降低。但在每天練習的過程中，漸漸地越來越能操縱自如。

大概在我讀了幾頁之後，聽見了放下許多雜物般的沙沙聲。轉頭一看，初實小姐將成堆的雜物擺在我附近。

「……不用管我。」

她到底來這裡做什麼？她的行動教我好奇，但我還是繼續看書。然而初實小姐遲遲沒有打算離開房間的跡象。

我將視線自書本挪向初實小姐，不知為何她正在泡咖啡。與她視線相對後，她倏地站起身，走向我。

「拿去。」

「謝、謝謝妳。」

我接下咖啡杯，她微微點頭又回到擺放雜物的地方。出乎意料的是，她好像就這麼開始工作起來。

……為什麼她會在這個地方開始工作啊？

「啊，真好喝。」

和普通的咖啡不太一樣，這杯咖啡有著獨特的香氣，酸味較淡但苦味濃重，而且入喉後餘韻久久不散。因為風味強烈，討厭咖啡苦味的人想必會非常受不了吧，不過喜歡咖啡又想減輕酸味的人肯定會讚不絕口。

我側眼打量初實小姐。她正凝視著紙張，默默動著筆不知在寫些什麼。咖啡的話題就之後再聊吧。

我翻動用第三隻手拿著的書籍。

之後不知又過了幾個小時，初實小姐站起身走向我。

「去吃飯吧。」

看向智慧型手機，發現時間早已過了中午，在公司或學校是午休快結束的時候了。

「該不會讓妳等很久了？」

「不會。在這個時間去，大多數地方都沒什麼人。」

看來已經預定要外食。對了，花邑家沒有僱用家事幫傭嗎？這個家雖然比想像中小，但只有三個人住實在是太大了。毬乃小姐平常應該也很忙，有個人負責打掃整理和煮飯等家事也不奇怪吧。

「不嫌棄的話，我想在回程跟你介紹附近這一帶。」

聽她這麼說，我沒想太多便搖頭。

「喔喔，我已經請毬乃小姐告訴過我了……這就不用麻煩了。」

我這麼說的瞬間，她的表情稍微有了一點點變化。那真的很細微，說不定只是我看錯了。

「這樣啊，那我們動身吧。」

她帶我前往的店家是距離約五分鐘腳程的小咖啡廳。裡頭不怎麼寬敞，只有數張桌子和數人份的吧檯座位。

我和初實小姐在空著的桌旁坐下，盯著菜單瞧。

「初實小姐推薦什麼菜色？」

「……全部都好吃。硬要選一道的話，是炸血角兔肉塊。」

也許我這時臉上的笑容非常僵硬。

如果我的記憶沒錯，血角兔是種怪物。但是她如此推薦，我也並非毫無興趣。

「那我就點那個吧。」

我們點了相同的菜色，等料理上桌。沉默馬上再度造訪。

該講些什麼才好？如果這裡是書庫，還能靠看書蒙混過去，但現在面對面坐在餐桌旁，我不想當著人家的面看書，這樣太失禮了。試著找些可能有得聊的共通話題吧。

「呃～初實小姐是月詠魔法學園畢業的吧？請問學園怎麼樣？比方說周遭同學的氣氛之類，就和想像一樣菁英雲集？」

聽我說完，她挪開視線。

「……有很多厲害的人……但是我在學園幾乎沒有朋友。」

「哈、哈哈哈。」

空氣似乎變得更加沉重了。照她這個性確實很有可能，聽她說完我才想到。

「不過，如果你追求學力和實力，那是最佳環境。唯獨這點我敢保證。」

「我會努力用功。」

我這般隨便找話題撐場面後，料理送上餐桌。雖然氣氛冰冷，但料理熱騰騰的。

我一邊吃一邊繼續剛才的話題，話鋒轉向授課形式。

「咦？意思是只要排名越高，能選擇的課程就越多？」

「嗯。上午先教的是基本科目和魔法基礎科目，然後熟習度已經十分充足的人在下午繼續上額外課程。」

原來如此——我點頭回應。這點和遊戲幾乎相同。遊戲中只要提升數值，能上的課程也會增加。在這個世界也同樣，自己的能力越高就能上越多課程。能上的課程越多，也會增進對魔法的了解吧。

但是，透過課程能得到的成果和遊戲裡的聽課指令相同的話，花時間上課可能沒什麼價值，特別是瀧音幸助的狀況。

「這個嘛……順便問一下，下午的額外課程內容是不是攻擊魔法特別多？」

「……對。當時我也學到了高等的攻擊魔法。」

嗯，如我所料。那些魔法我大概無法精通。正確來說，雖然能夠習得，但是威力肯定派不上用場，因此只是浪費時間。哎，用不著在意成績，只要能畢業就夠了。把那些時間花在其他鍛鍊和攻略迷宮上吧。

我打定主意，開始在腦中大致規劃行程。開學後一段時間先強化基礎體力和魔力，然後找出應付遠距離攻擊的手段吧。奇怪？和現在一模一樣？

「……我來教你也可以。」

初實小姐說道。我先是納悶地想著她的意思，但立刻就明白她指的是額外的魔法課程。

「我先告訴妳好了。其實我因為體質，大多數的魔法都無法正常施展。就算請妳教我應用的魔法，我也很懷疑能不能真的派上用場。」

我說完，她神色哀傷地低語「這樣啊」。原本還吃得津津有味，這下她連用餐都暫停了，盯著眼前的餐點。

「這先放一旁，關於我的體質，我有事想和妳討論……不麻煩的話可以跟妳借一點時間嗎？」

我這麼說完，初實小姐倏地抬起臉，緊接著對我豎起大拇指。

「沒問題。」

雖然話少又不知道在想什麼，但她應該不是壞人吧。我沒來由地這麼想著。

怪物的肉實在美味得難以筆墨形容。

住進花邑家能得到的額外優惠，不只是花邑母女親自教導魔法。附魔設備也是其中之一，而且沒有煩人的門禁時間。

此外還有一項重點是，解鎖許多場所。

「喔喔，你說那個瀑布？可以啊～奇怪……你怎麼知道有瀑布？」

在她開始追究之前，我掛斷了電話。輕易得到了土地所有者的許可。緊接著我立刻前往初實小姐的房間並敲門。

「初實小姐，我出門慢跑順便練習魔法，晚餐前會回來。」

「……知道了。」

我離開初實小姐的房間後，換穿用剩餘的錢買的慢跑鞋。

「好！」

我循著直覺跑在還不熟悉的道路上。雖然事先請初實小姐為我大致介紹過了，但我並沒有請她帶我抵達目的地，後半只能憑著直覺前進吧。

「呼、呼、呼、呼、呼……」

避開路人，按照固定的步調跑在路上。起初路面還鋪有水泥，不久就通過了鋪設過的道路，腳下變成泥土和雜草。最後為了前往目的地，深入樹林之中。

進入樹林跑了數分鐘後，首先感覺到聲音變化。從風吹樹葉的沙沙聲變成了水擊打水面的聲響。隨著我靠近，那水聲也越響亮。

最後我抵達了瀑布旁。

高低落差大約十五公尺，寬度有三十公尺吧。寬而薄的瀑布水幕反射來自天空的光芒閃耀，奪目美景讓我不禁半張著嘴呆呆地凝視。也該說是深沉內斂的美感吧？在瀑布正下方，自高處落下的水造出一抹小規模霧氣般的朦朧白色。

靠近瀑布後才曉得只要角度正確，在這瀑布似乎還能看見彩虹。剛才沒能看見的彩虹，現在像是妝點瀑布的長長緞帶，橫跨瀑布。

我走過稍嫌崎嶇不平的道路，走進瀑布裡側。

「……！」

我失去了言語。

若要形容，那就像是一片水簾。從瀑布裡側向外看，景色美得令人震驚。薄薄一片藍白色的水簾垂掛在眼前，在水簾另一側，陽光灑落在綠意洋溢的樹林上方。每當風一吹，樹林就有如游泳般搖擺，淺綠色的葉片輕盈飄落。

美得令人震懾不已。感覺光是看著，心靈就會受到洗滌。美得教人想永遠這樣注視下去。

不過，比那美景更美麗的事物就在不遠處。

咻、咻、咻、咻。

在瀑布的水聲如此吵鬧的地方，我聽見劈開空氣的銳利聲響。

在我的視線前方，有一名手持薙刀的女性。那位女性大概已經注意到我的來訪，但她並未停止揮動武器。她直盯著水簾，只是一心一意揮著薙刀。

其實我原本就猜想她可能會出現在這裡，因為男主角會在她的嚮導下來到此處。老實說，我心中也期待她會出現。

畢竟她是我最想見上一面的女角。

每次振臂，水滴便從她的臉頰飛濺。她究竟從多久之前就在這裡揮著薙刀呢？仔細一看，她美麗的容顏掛著玉珠般的汗滴。

儘管壯麗的自然美景就在眼前，視線卻無法從她身上抽離。

秀麗黑髮的光澤有如打磨過的黑瑪瑙，彷彿用鏡子對照而成的五官左右勻稱，眼眸銳利如妖刀。那隱約透著幾分楚楚可憐的表情，讓我不由得深陷其中。

如果這世界真有女神的存在，那就存在於我眼前。

我一直注視著她，但是她沒有反應，像是毫不介意。對她而言，我的存在只是不值一哂的渺小異物吧。被她屏除於意識之外，視作遠方風景的一部分般自然而然地忽視。

每當薙刀舞動，黑髮便隨之翻飛。自武道服袖口伸出的纖白手臂發揮令人難以置信的速度揮動薙刀。

我想擦拭流過眼皮的汗水，這才發現身體不停微微震顫。我不知道那究竟是源自畏懼、興奮，又或是喜悅。

大概全都包含在內吧。但是其中最強烈的感情，應是能與她相見的喜悅。我一直凝視著依然不停揮舞薙刀的她。

我怎麼能不開心？因為在遊戲中，她可說是我投注最多心血與愛情培育的角色。我從來沒把她移出戰鬥隊伍，不管置身多麼不利的條件都一定派她上場，而她也為我殲滅了無數強大頭目，是我最信任的角色。她現在就在我眼前。

沒錯。化為現實，存在於此。身為魔探三強之一，也是風紀會副會長，因為擅長水魔法而有「水龍姬」名號的她——水守雪音就在眼前。

她突然停止不知重複了幾次的空揮，隨後將架式從剛才一直維持的上段改為平舉於腰際。

「呼！」

在她吐氣的同時，閃光乍現。回過神來，那柄薙刀已經向前刺出，水簾頓時被從中劈成左右兩半。

我的眼睛追不上那招突刺。

薙刀之舞仍未結束。上挑、下劈、橫掃。

我看著那行雲流水的連續技，發現自己全身漸漸開始發熱。無法安於現況的焦急心情，想要現在就拔腿衝出去。這樣的衝動湧上心頭。

我立刻就抵達了原因。

我轉身背對依然揮著薙刀的水守雪音，走出瀑布裡側。隨後我將所有力量注入雙腿，拔腿奔馳。

心臟越來越滾燙。血液和魔力奔騰如颱風肆虐而氾濫的河流，全身上下熱得教人難以忍受。

啊啊，混帳。我在心中咒罵。

因為那奪人心神的美貌、那讓人不禁想吶喊的羨慕，以及在體內悶燒的嫉妒。這一切混合在一起，頓時引燃火焰。我也想揮舞那樣美麗的武器，我也想變得那麼強。不，甚至變得比她更強。

全身上下都如此對我傾訴。

從瀑布再往山上方向奔跑，來到了寬敞的場所。在這裡我循環所有魔力，全速奔跑。像是要讓燃燒的身體降溫般，絞盡全力奔跑。

也不知究竟跑了多久，剛才高掛的太陽已近乎西沉，四周變得陰暗。大概無法在這個地方繼續修行了吧，畢竟沒燈光，也已經說好要在吃飯時間回家了。

「回去吧……」

我呢喃低語，朝著家的方向奔跑。

浮現腦海的盡是水守雪音的身影。

薙刀的動作快到看不見，這真的太扯了。而且明明隔了一段距離，還是完全看不見。到底要怎樣才能那麼快速揮動武器？更重要的是，我要怎麼和那速度抗衡？

在對方行動之前我搶先行動，這招怎麼樣？只要我搶先行動並妨礙對方，也許有機會。其他方法大概就是用披肩製造特大的盾牌吧？

我脫下鞋子走進家中，一直線走向浴室的同時繼續思考。

首先我想鍛鍊眼力，而且面對那速度還要能反射性動作，立刻操縱披肩應對。

我拿下披肩，脫下吸滿汗水而濕黏的襯衫。

聽說運動選手都會做強化眼力和反射神經的訓練。我也試著模仿看看吧？再來就是設法取得幾項特定的技能應該也不錯…………！

在我的手伸向門把的瞬間，喀嚓的開門聲響起。

「……」

「……」

自門後出現的是一身白皙肌膚染上淡淡櫻花色的初實小姐。大概是剛出浴吧，濡濕的髮絲緊貼在肌膚上，水滴沿著臉頰與身軀滑落，而且全身上下微微冒著水氣，看得出來熱呼呼的。那對豐盈的果實圓潤一如想像，呈現讓人不由得想吸吮的可愛粉紅色……往下看是穠纖合度的腰肢與渾圓的臀部。重點部位勉強還在浴巾遮掩下……但這狀況，顯然很不妙。

我將眼前情景永久保存於腦中的記憶體，一面匆忙關上門。

「！啊啊～～」

聽見初實小姐發出從未聽過的驚叫聲，罪惡感傳遍全身。

「真的很對不起～～～～！」

這時，急促的腳步聲從走廊傳來。

「怎麼了！」

毬乃小姐似乎正好到家。她立刻衝過來，看了我的全身上下後，露出滿面笑容。

「呀啊～～～～♪」

不知為何驚叫聲聽起來很雀躍。嗯？驚叫聲？為什麼？

這時我低頭注視自己的身體。肌肉還算得上結實，令人自豪的健康肉體。這身清楚

分塊的胸肌與腹肌，我的確有幾分想炫耀的心情，不過不會真的跟人炫耀就是了。更下方的則是比地球上的我還要更雄偉的那個。

原來如此，我現在全裸啊。

衣服都擺在更衣間，手邊也沒半塊布能遮。

「唔咦咦咦咦咦咦咦咦咦咦咦咦咦咦！」

我連忙用雙手擋住胯下。真是禍不單行。

「幸助也真是的，未免太急了吧～～～～～♪」

這個人是在胡說八道什麼？毬乃小姐雖然用雙手遮著臉，還是從指縫間盯著我的身體。

啊～～這下該怎麼辦才好？該怎麼辦才好？可惡，不行了，腦袋一片混亂，完全無法思考。

浴室門突然開了，只穿著內衣褲的初實小姐從裡面走出來，緊接著魔法自她的手中射出。絕對來不及防禦，而且披肩也不在手邊。

「啊，這下死了。」

光芒遮蓋了眼前的一切。

來到這世界之後，我經歷了許多初體驗。施展魔法當然也是其中之一，也搭過以魔力為動力的車輛。而在今天，我有生以來第一次對人下跪道歉。雖然之後預定對某位皇族也少不了要這麼做。

初實小姐從剛才就一直瞇著眼睛盯著我，視線從來沒有挪開。我唯一能做的只有將額頭抵在地上。

到底要怎麼做才能讓她原諒我？

對了，效法成人遊戲吧。換作是成人遊戲，肯定會有撞見入浴場景的橋段。如果明明住在同一個屋簷下卻沒有入浴場景，玩家想必會狐疑：「這真的是成人遊戲嗎？」

在這種場面，男主角們會怎麼謝罪請求原諒？

嗯。女性有時甚至會允許一同泡澡的非常識世界，到底有什麼能供我參考的？況且他們可是有主角威能啊。

「…………」

沉默令人難堪，但是錯都在我。不管怎麼想都是我不好。我沒有先確認裡頭有沒有人，就逕自走進更衣間。因為我剛才在想其他事，沒想太多就闖進更衣間。

「晚餐煮好了喔～～」

溫吞的話語聲從廚房傳來。當然我沒有因此起身，還是將前額抵在地上。瀏海也許會禿掉，但我別無選擇。

「唉……幸助，頭抬起來。」

聽到她叫我，我這才緩緩抬起頭。她的眼中已經沒有怒意。

「我們去吃飯吧？」

看來我算是得到原諒了。

來到餐廳，餐桌上已經擺了蘑菇蔬菜濃湯、煎肉餅、白飯等小孩子應該會喜歡的料理。三人坐到餐桌旁，說了開動之後開始用餐。

初實小姐看起來已無怒意，只是默默將煎肉餅送進口中。我一面注意初實小姐的反應，同時將料理送進口中。

出乎意料地，毬乃小姐的手藝相當高明。我老實地說：「比飯店或旅館的料理還好吃。」她便開心地回應：「哎唷，嘴巴真甜♪」為我添飯加菜。真好吃。

特別好吃的是煎肉餅。手工製作的煎肉餅送進嘴裡一咬下去，四溢的肉汁便在口中大肆氾濫。

「其實我原本想做你喜歡的菜色……但是你說過你不挑食，什麼都喜歡，對吧？所以我選的都是初實喜歡的菜色。你知道嗎？初實這孩子的口味很孩子氣喔。」

這話一出，初實小姐罕見地慌張搖頭。

「這麼說來，昨天初實小姐點的是……炸雞塊和蛋包飯啊。」

聽她這麼一說，確實兩種都是小孩子會喜歡的料理。

「！」

初實小姐臉有點紅，瞪著毬乃小姐。遊戲中的初實小姐好像有點欠缺人類的情感，但實際上完全沒這回事。

「不過我也很喜歡這種菜色喔。初實小姐，這附近要是有好吃的餐廳，請帶我一起去吧。」

「……」

初實小姐一語不發地將白飯送進口中。哎，她應該會帶我一起去吧。就暫且這樣相信吧。

我覺得心情好了許多，細細品味著濃湯時，毬乃小姐突然輕聲驚叫，像是想起了重要的事。

「差點忘了。明天琉迪薇努妹妹會來喔。」

「哦～～是這樣喔……………啥？」

請問剛才您說了什麼？

「時間大概是中午過後，你要待在家喔。」

她剛才是不是用「我明天會工作到比較晚」的輕鬆口吻拋出震撼彈啊？

飯後，我獨自在房裡苦苦思索。我之前就知道她不久後會拜訪，但我竟然完全沒有思考對策。

首先要整理現況。琉迪薇努・瑪莉・安潔・多・拉・多雷弗爾是多雷弗爾皇國皇帝陛下的二女兒。我對身分如此尊貴的女性的所作所為，一言以蔽之就是路見不平拔刀相助後觀賞了裙底風光、伸手摸了胸部。

「……凌遲處死啊。」

總之先下跪道歉吧，為自己對琉迪薇努殿下諸多失禮的行徑由衷表示歉意。如果不設法得到她的原諒，我就再也沒有未來。

這樣能不能得到她的原諒？

如果換作是我，假設突然有位女性摸了我的重要部位，我能原諒對方嗎？就情況來看也有可能是獎賞吧。既然這樣，說不定真的能得到諒解喔？

「這怎麼可能嘛。」

在我左思右想的時候，突然傳來敲門聲。

「幸助。」

「初實小姐？請進。」

初實小姐看了我的房間後，輕吐一口氣。

因為用不上的東西全部沒帶來，房間看起來大概很空吧。當然這裡也沒有任何不能讓她看見的東西。

「請問怎麼了嗎？」

見初實小姐一直打量我的房間，我對她這麼問。

「沒有，沒什麼，只是有事情想問你。」

「請問是什麼事？」

「……那個，你該不會，比較喜歡有年紀的人？」

「啥？」

「你比較喜歡熟女嗎？」

等等，她沒頭沒腦地突然在講什麼啊？

「母親已經一把年紀了喔。」

「為什麼會得到這個結論，可以請妳一一解釋給我聽嗎？」

來，請坐在這邊，然後解釋清楚。

「因為你看起來和母親很要好，也許你想成為我的新父親。」

這怎麼可能？而且妳真的認為毬乃小姐會喜歡上關係親密的表姊妹的兒子嗎？這是哪一款成人遊戲啊？有的話拜託告訴我。當然毬乃小姐也在我的好球帶正中央，其實還滿誘人………呃，我在想什麼啊。

「總之，這不可能發生。況且我對毬乃小姐的態度和對妳沒什麼差別吧……」

「因為對我說話比較見外。」

這也許是事實。但是——

「毬乃小姐嚴格要求我不准用敬語……但敬語是個人習慣嘛，沒想太多就會自然說出口。」

一旦讓毬乃小姐嗅著任何見外的氣氛，她就會立刻鼓起臉頰，我才會注意遣詞用字。鼓起臉頰？奇怪？那個人到底幾歲啊？不過真的好可愛……

「對我也不需要用敬語，希望你可以用更親密的稱呼。叫大姊姊好了。」

原來妳想要我稱呼妳大姊姊喔？在遊戲裡完全沒有一親芳澤的事件，所以我從來不知道原來她是會角色崩壞的那一型。

哎，這也無所謂，只是希望稱呼改用「姊姊」，「大姊姊」未免太羞人了。別徵求同意，就這樣稱呼吧。

「呃……我明白了，初實姊。」

彷彿骨鯁在喉，她露出欲言又止的表情點了頭。

我原以為接下來她就會走出房間，但沒這回事。之後她一直待在我房裡，不著邊際地與我閒聊，度過了這個晚上。當然我也完全沒有準備面對琉迪時的對策。

第四章 來自妖精之國的問候

如果颱風直撲而來，琉迪殿下是否會取消來訪？

昨晚我這麼想著鑽進被窩，很不幸地今天天氣晴朗。

我猛然打開窗戶想換氣，吹進室內的春風帶著些許涼意，正好能叫醒剛起床的頭腦。我立刻更衣，出門慢跑。

我將瀑布附近選為慢跑路徑。之前請毬乃小姐介紹城鎮時我就注意到，那邊交通量大且紅綠燈多，但樹林裡頭是私有土地，幾乎沒有人，不會被紅燈攔住，可以一路跑到盡興。

「……喝、喝、呼、呼、喝、喝、呼、呼！」

瀧音幸助原本就體力過人，不過也許是每天慢跑見效，體力似乎更加成長了。接下來需要的是爆發力，再者就是疲勞累積時能否動作。進入迷宮探險時，無法得知魔物會在何時襲擊。

途中我往瀑布方向跑去，水守雪音在該處揮著薙刀。她依舊姿態凜然而美麗，但是動作強猛有力。我看著她練武一段時間後，轉身背對她。我為了發洩因為注視著她而不斷高漲的動力，開始朝著目的地奔跑。

之後跑了大約一個小時，我回到家中，立刻走向浴室，當然沒忘記先敲門。屢次撞見入浴場景的人若非不知記取教訓的笨蛋，就是成人遊戲的男主角。

我沖完澡後走過涼爽的走廊，前往餐廳。

「早安，幸助。」

「早安，毬乃小姐。」

廚房裡，正在煮早餐的毬乃小姐身穿一襲荷葉邊裝飾的可愛圍裙，看起來簡直像十來歲的少女。

「你每天都起得很早呢。真希望初實也向你看齊。」

「我只是因為要慢跑啦。現在學園還沒開學，初實姊睡晚一點也沒關係吧？」

毬乃小姐停下手邊動作，轉身看向我。

「初實姊？」

我點頭應聲。

「嗯，昨天她要我這樣稱呼，所以才……」

我如此回答後，毬乃小姐輕聲笑道：「是喔……呵呵。」隨後垂下視線看著手邊。

咚咚咚的規律聲響隨即傳出。

「不好意思，可以幫我叫初實起床嗎？那孩子已經睡太久了。」

「咦？我可以進去喔？」

「可以啦，畢竟你是弟弟嘛。進房間稍微搖她一下，馬上就會醒來。」

毬乃小姐愉快地呵呵笑著，繼續做早餐。我一面想著「這樣真的好嗎」，走向初實姊的房間。

「初實姊？妳起來了嗎？」

我敲過門如此呼喚，但房內毫無反應。我又喊了一次。

「初實姊？」

我再度敲門，但還是沒有反應。

毬乃小姐剛才也說過可以進去嘛。我這麼告訴自己，畏畏縮縮地推開房門。

初實姊的房間格局和我的房間幾乎相同。大概是因為東西都擺在其他房間，房內幾乎沒有雜物，再加上整理得很乾淨，看起來特別空曠。

「姊姊～～奇怪？初實姊？」

我靠近那張白色大床，從上方低頭注視她的臉龐，看見了上下完全閉合的纖長睫毛。因為工作性質，大概平常幾乎都待在室內，頸子白皙得奪人心神，讓我不禁嚥下口水。初實姊看起來完全沒有要醒來的跡象，我緩緩對她伸出手。

「初實姊。」

我按著她的肩頭輕輕搖晃，但她依舊沒有要醒來。這次我稍微使勁搖晃她。

「嗯，嗯嗯！」

單薄的唇瓣蠢動，她的身體有了動靜，眼睛微微睜開。

「早安，姊姊。」

「…………早安。」

她推開身上的棉被，挺起身子後雙臂往上伸了個懶腰，同時豐滿的胸脯也清楚向前突出。她大概習慣晚上睡覺不穿胸罩，醒目的深溝看起來實在不像裡面有穿。

睡眼惺忪的姊姊顯然還半夢半醒，卻突然想起什麼似的將手放在衣服上。

（不妙。）

可愛的肚臍映入眼簾的瞬間，我轉身背對她。

「那、那我先去餐廳了喔。」

我如此說完，逃也似的離開房間。看來她是那種清醒速度特別慢的體質。

都發生了這種事，沒辦法靜下心來思考對策也是人之常情。雖然想等精神恢復鎮定再做打算，死期已經到了。

過去在螢幕上不知拜見了幾次尊容，而且在各方面都深受其照顧的琉迪薇努・瑪莉・安潔・多・拉・多雷弗爾殿下，現在就坐在我眼前。

在她身旁，臀部彈性妙不可言的美女手持金屬製的劍，威風凜凜地站著。攜帶武裝的理由不明。該不會是為了興師問罪吧？若真的是這樣，罪行我也心裡有數。

「各位日安，毬乃小姐、初實小姐，以及幸助先生。」

琉迪如此說完，眼睛直盯著我。我模仿她，有生以來第一次用「日安」這字眼回應她的招呼，說不定聲音都走調了。

「我想毬乃小姐應該已經向各位介紹過我了，不過請容我正式自我介紹。我名叫琉迪薇努・瑪莉・安潔・多・拉・多雷弗爾，旁邊這位是我的女僕，名叫——」

「我叫克拉利絲。」

啥？女僕？身穿鎧甲手持刀劍的女僕？這世界和日本對女僕的定義似乎有落差。

「幸會幸會，我是瀧音幸助。」

如此結束自我介紹，我想也差不多到了該下跪求饒的時候——

「瀧音先生，上次的事件真的非常謝謝您。」

琉迪卻先對我低下頭。她和克拉利絲同時對我低頭致謝。因為她們突然這樣，讓我不禁愣了好半晌。

「啊，請把頭抬起來，我沒做什麼了不起的事。那個，其實應該是我要向兩位道歉才、才對。」

「不會，您是我們的救命恩人。況且您沒必要道歉，那只是意外吧？」

琉迪面露冰封般的笑容如此說完，不知為何克拉利絲小姊伸手按住劍柄。

為什麼要抓劍柄啊？雖然看得出來她在生氣，但琉迪剛才明明說過不會追究吧？不過萬一我回答時有個閃失，被她當場一劍砍死好像也不奇怪。

「這、這樣啊。不過還是請讓我致歉，真的非常抱歉。」

我說完深深低下頭。

「請快點抬起頭來。我明白了，我接受您的道歉，就別再提起這件事了吧。更重要的是——」

「要談往後的事吧？」

這時毬乃小姐介入對話。琉迪的言下之意就是要我早點忘記那件事吧。我是不會說出口，但是那感觸我大概一輩子都不會忘記。

「是的。首先向各位報告，這次對我下手的……似乎與我們國內的部分勢力跟邪神教有關。」

邪神教。聽見這字眼，初實姊的身體倏地一顫。隨後她側眼看向我。

琉迪繼續說：

「我認為一旦進入學園就讀，對我的攻擊就會暫且收斂。不過……」

「沒辦法斷言會完全停止，畢竟有一個人逃走了。」

毬乃小姐代為說出琉迪的推測。

她們的預測其實說中了。如果接下來的事件發展與遊戲劇情相同，琉迪她們將會被邪神教信徒盯上。我記得在遊戲劇情中，以這件事為開端，男主角與琉迪之間的距離會急速拉近。

「因為有我國諜報員與捉到的人提供情資，目前對於邪神教已經得到了一定程度的情報，其中也包含難以置信的情報。」

「呃，這次的會談有我參加沒關係嗎？感覺事情好像越來越嚴重了，就保密方面也不太好吧？」

這應是國家級的機密。正因如此，在魔探劇情中，主角群在被邪神教纏上之前應該無法得到任何情報。這些事讓我聽見也無所謂嗎？

「實在非常不好意思……」

這時，克拉利絲代替難以啟齒的琉迪接著說道：

「其實花邑一族原本就是邪神教爪牙鎖定的目標。而且因為花邑一族的瀧音先生救了琉迪薇努大人，您非常可能已經被認定是必須立刻抹消的目標之一。」

「哦～～……咦？」

剛才她說什麼？我被盯上了？

「所以皇帝陛下才決定，要將來龍去脈告訴已經成為當事人的瀧音先生您。」

「是、是這樣喔。」

在魔探劇情中，被盯上的應該是琉迪和男主角才對，為什麼連我也一起成為下手目標了？

「真的非常抱歉……」

見到我震驚不已，琉迪對我道歉。

「哎、哎呀，畢竟花邑家的人原本就是目標之一，我個人也沒有特別擔心，所以請別在意。」

「那個，這不是擔心與否的問題，而是日後一定要時時注意才行。」

嗯，琉迪說的對。既然知道自己成為目標，就得多加當心。

「說的也是……」

「我想幸助先生現在也理解狀況了。那麼……克拉利絲。」

「是！」

克拉利絲應聲並敬禮。妳擺明了就不是女僕，而是騎士吧？

克拉利絲從一個滿是豪華裝飾的手提包中取出了皮製信封，交到毬乃小姐面前。信封以深藍色細繩緊緊綁住。

毬乃小姐將魔力注入手掌後，以四葉草為造型的紋章便無聲浮現。

喔喔，我在遊戲中也見過，這是象徵多雷弗爾皇室的紋章。毬乃小姐將魔力注入信封後，細繩便流暢地自動解開。紙張從信封中逕自飛了出來。

我和初實姊一起來到毬乃小姐身後，盯著那張紙。

謹啟

　　歷經了歷史性低溫的凜冽寒冬後，在這春暖花開的時節向您問候。

　　朕的小女兒似乎傾心於春日新萌的花草，現正在庭院中活潑跑跳，與小動物嬉戲於花叢間。

　　小女兒揮灑的笑容影響的範圍似乎不只朕，也遍及城內每個角落。多虧有朕的小女兒，城內洋溢著過去未曾有過的活力。那份可愛想必連上蒼都忍不住嫉妒。

　　話說，前些日子發生了令人難以置信的事件，沒想到朕最心愛的女兒琉迪竟遭人攻擊。在此對幸助閣下由衷表示感謝。至於犯人，已由朕親自手刃。

　　雖然是這陣子才得知的消息，據報學園似乎有間諜藏身。但消息是否為真，尚未得到確切證據，望你時時注意。

　　說到該時時注意的，朕的小女兒也不例外，最近好奇心突破了邊際，開始對諸多事物萌生興趣。近來的興趣似乎是魔法。明明還不到學習魔法的年紀，卻拿著魔杖開始把玩魔力，著實令人不安，卻也不禁滿心期待。小女兒非常擅長掌控魔力，將來想必能成為偉大的魔法師。啊啊，真希望世上眾人都能目睹拿著魔杖的小女兒。世界第一可愛，不知何時才能求婚。

　　在這暖春時節，請務必多加保重身體。敬祝你鴻圖大展。

謹具

紙上寫著一篇冗長又令人煩躁的可疑文章，但他要講的重點其實很少。

①小女兒好可愛。

②謝謝你救了琉迪。

③學園內可能有間諜藏身。雖然只是有可能，但為防萬一還是要注意。

④小女兒超天才好可愛真想結婚。

吐槽點也太多了。總之頭一個必須確認的問題就是——

「（有這種陛下）貴國真的沒問題？」

「……單論政治上的才幹可說無可挑剔吧。」

見克拉利絲小姐板起臉如此回答，我不禁心生同情。琉迪臉上掛滿了問號，一定是因為她是父親百般呵護的掌上明珠。在遊戲中進入她的個人路線，甚至會發生陛下造訪學園的事件，可以想見她所受的溺愛。

「學園裡有間諜啊……」

毬乃小姐表情凝重，盯著信紙。很遺憾，間諜是真的存在。

「我想還是多留意一下比較好，畢竟是會在花邑家的飯店引發恐怖攻擊的傢伙。」

我這麼說完，毬乃小姐呢喃「這麼說有道理」。

「因此父親大人對您有個提議。我想毬乃小姐應該已經有所耳聞……」

琉迪說完便對克拉利絲使了個眼神。克拉利絲點頭後開口說：

「多雷弗爾皇國預測，在學園當中，邪神教可能特別針對的人物是琉迪薇努大人與瀧音先生。」

琉迪肯定是目標之一吧。在遊戲中會發生數次小規模的事件，主角群將之一一解決後，被逼急的信徒們會漸漸發動大規模行動。

真是懷念啊。抓人質威脅只是基本款，之後還會動用過於危險而被禁止使用的召喚魔法，甚至讓迷宮突然出現在城鎮中。那個關卡有點麻煩，因為琉迪和夥伴們會被迫分隔兩地……之後得動手準備應付那個事件才行。哎，邪神教事件要等進入學園就讀，能夠挑戰迷宮之後才會發生，還不用太急著準備吧。

「……所以我們也必須守護琉迪薇努大人以及瀧音先生。」

克拉利絲說完，毬乃小姐表示同意並點頭。

接著又解釋，考慮到毬乃小姐母女身為魔法師的實力，兩人被盯上的可能性比我們低，而且對方就算出手襲擊也很可能反被擊敗。

「所以才有那個提議啊……」

毬乃小姐如此說完，表情凝重地點頭。但是我不曉得那個提議的內容。

「那個提議指的是什麼？」

「這個啊，其實對方提議能不能讓琉迪妹妹和護衛借住在我們家。這裡有我和初實在，有個萬一也能立刻反應。」

確實置身於毬乃小姐這樣實力堅強的魔法師庇護之下，遭到襲擊的風險應該也會大幅下降，讓兩位保護對象住在同一處，所需的護衛人力也…………嗯？稍等一下喔，兩人住在同一處？借住？在我們家？

「咦咦？借、借住？」

太、太誇張了吧！她們到底在想什麼啊？當然不可以住在這裡啊。況且年輕女生在外面借住，這種蠢到爆的劇情就算在成人遊戲也……呃，其實是滿常見的王道劇情。

不、真的不行啦。這個家裡有個滿腦子邪念的年輕男生喔！這傢伙有一顆每月買兩款成人遊戲的紳士之心喔。就算能降低邪神教的危險，貞操也會有危險。話說皇帝在遊戲中很溺愛女兒們吧？在琉迪的路線，皇帝陛下得知她與男主角交往而大發雷霆，甚至差點派出魔法騎士隊。那傢伙居然會允許她住進這個家？根本是奇蹟。

「我反對。無法允許不認識的人長期住在這個家。」

一直保持沉默的初實姊終於開口。希望妳更強烈表達反對意見。

「也因此，我們這邊派出的常駐人員就只有與初實小姐有交情的克拉利絲。父親大人也判斷，有毬乃小姐和初實小姐在的話，護衛有克拉利絲一個人就夠了。如此一來，不須動用太多人力，安全性也很高，可說有益無害。」

姊姊和克拉利絲小姐認識啊……雖然希望她拒絕，但這下可不容易。

「那樣的話……沒關係。」

我就知道……若要說出真心話，我當然全面同意她們入住。別說同意了，不惜下跪也想一起生活。在日本不知為何無法得到法律認可，但琉迪是我老婆——數十位老婆其中之一。如果情況允許，當然不想放棄常伴她左右的可能性。但是，就社會眼光來看還是不行吧！

「幸助。」

聽見毬乃小姐喚我，我看向她。她以認真的表情直視著我，隨後拍了胸膛，笑著對我眨眼像是在說：「交給我。」

對了！我們這邊還有毬乃小姐。她是個成熟懂事的大人，也是將初實姊拉拔長大的偉大母親。年輕男女非親非故卻住在同一個屋簷下，身體方面的危險性與社會眼光的問題，她應該很明白才對！

「不用擔心！你想說的事我也明白。」

果然能依靠的還是明白事理又懂分寸的大人。再多講幾句！

「呵呵……要快點準備歡迎會，對吧♪」

就是說嘛！日後將共同生活的人物出現時，首先當然要為了拉近距離，舉辦歡迎會嘛！……………奇怪？好像哪裡搞錯了？

我愣愣地直視毬乃小姐時，有人拍了我的肩膀。我轉頭一看，表情一如平常的姊姊就在身後。雖然表情一如往常，但似乎隱約透著自信，這難道是我的錯覺？

「我明白你的擔憂。放心交給大姊姊。」

初實姊隨即豎起大拇指。

原來妳才是救世主啊！這瞬間我的好感度猛然上升。要是她對我告白，我就會立刻點頭。呃，就算沒有這次事件也會立刻ＯＫ就是了。

好啊，一切就靠姊姊妳了！好好解釋給她們聽！

我凝視著姊姊，只見她挺起分量飽滿的胸膛，開口說：

「我知道哪間店的蛋糕特別好吃。」

不是這樣啦。

難以置信的事情沒那麼容易撞見。話雖如此，會發生的時候還是會發生，況且這裡是成人遊戲的世界，常識不太管用。

那麼，來到這個世界後究竟撞見了多少無法置信的事物呢？雖然已經多到懶得一一細數，不過最近就屬琉迪和克拉利絲小姐來借住我家這件事最誇張吧。除此之外，當下的狀況也令我無法置信。

我進行每天的慢跑鍛鍊，不時側眼偷看身旁。

「呼……呼……呼……呼……」

流水般舞動的烏黑馬尾像是興奮的狗搖著尾巴般不停擺動。平常她只是任憑一頭秀髮自然披在背上，現在大概是為了慢跑才特地綁成一束吧。此外，等同她的象徵的紅梅色薙刀現在就綁在她的背後。

她的美貌與身材還是令我崇拜之情油然而生，直教人想停下腳步觀賞那身影。特別是上下躍動的雙峰，更是極力凸顯自身的存在感，如果不提醒自己別去注意，視線就會被緊緊抓住。

那麼，拜託來個人告訴我，為什麼水守雪音會在我旁邊一起慢跑……！

簡直是莫名其妙。到底是什麼原因導致她這麼做？

當然我不否認最近三天，我為了提振幹勁，會不時遠眺她的修行光景。不過請千萬別誤會，這完全不是跟蹤狂或心懷不軌的行為。對我個人而言，只是見到了在圖書館用功讀書的人，自己也萌生要更加努力的心情而已。

呃，當然我也不否認自己的視線一直往胸部飄過去。因為就很晃嘛。完全不是我的錯。一切的罪惡都在搖晃那對美乳的學姊身上……擺明了就是我不好。

跑完了原本預定的距離後，我煩惱著是否要對水守雪音搭話。但完全想不到該怎麼開口，於是逕自開始平常的訓練內容。

在已經累積疲勞的狀態下，使用第三隻手與第四隻手練習攻擊。在披肩注入更多的魔力後突刺，以及短暫一瞬間張開披肩並施加硬化附魔魔法的防禦練習。雖然是單調又單純的訓練，對我來說卻是基本中的基本，日後應該會一次次派上用場。我也相信事實將會如此。

不經意地挪動視線，發現她也揮著薙刀。

終於做完了預定的全套練習後，我調整披肩的位置，使之變形為椅子，疲憊地坐在上頭。我已經上氣不接下氣，就連站著都覺得難受，但做完和我同等鍛鍊的水守雪音雖然呼吸急促，看起來還是遊刃有餘。

（光是基礎體力的差距就這麼大了嗎……還需要累積更多鍛鍊啊。）

水守雪音整理因汗水伏貼在肌膚上的髮絲，一邊調整自己的呼吸。她將薙刀綁在背後，走到我面前。該不會她已經注意到我在訓練途中不時偷瞄她的胸部、屁股、手臂和頸子吧？

「你平常都做這種鍛鍊？」

「……對啊，除非下大雨。」

「是喔……」

她的視線轉向我的披肩。對各個部位分別注入魔力，藉此形成椅墊部分柔軟但支撐部位堅硬的椅子。

「……要坐嗎？」

「不了，不用…………抱歉，還是給我一個位子吧？」

她先是一度回絕後如此說道。我立刻讓椅子變形，改良為足以讓兩人並肩坐下的形狀。

她顯得有些緊張，伸手觸碰披肩。先是溫柔地輕撫，隨後上下挪動手掌摩娑……在施加體重的同時使勁往下壓，緩緩坐在披肩上。

人生活到這個瞬間，我第一次萌生想變成披肩的心情。

「嗯，感覺很舒服。」

唔，這台詞聽起來太美妙了。

「話說回來，還真是難以相信啊……」

水守雪音依舊輕撫著披肩的表面，這麼說道。

「是、是指什麼事？」

我好不容易拉回陶醉得出神的意識，佯裝平靜。

「……你的魔力量啊，換作是我早就用光魔力了。而且你明明體力都耗盡了，竟然還能維持附魔魔法……你是學園的新生？」

「是的，我叫瀧音幸助。」

「應該由我先報上姓名才對呢，我是一年級的……不，在你入學後就是二年級了。我擔任風紀會副會長職的副隊長，名叫水守雪音。」

「妳是風紀會副隊長？」

我如此假裝吃驚。在遊戲中，風紀會就是學園的掌權者，而且成員個個實力堅強。在這邊顯露驚訝的反應應該沒錯。

「是啊，但並不是多了不起的職位。況且人外有人……」

她如此說完，遙望遠方的天空。這樣的氣氛讓我直覺理解她和遊戲中的水守雪音懷抱著同樣的煩惱。

「憑你的實力，說不定馬上就能在學園三會得到職位。」

我搖搖頭。

「這就難說了……因為我體質特殊，放出系的魔法威力都會衰減。」

雖然我這麼說，但我打算盡快進入學園三會，為達成此目標的計畫也已經大致擬定了。老實說，是因為想不到該怎麼對琉迪找藉口，為了逃避現實才一直往那方面想。聽見特殊體質這名詞，學姊點頭並露出理解原委般的表情。

「類似初代聖女大人那樣？」

「呃，類似但有些不同。聖女大人的特殊體質是反而在恢復魔法上得到莫大的恩惠吧？至於我……」

學姊的視線轉向披肩。

「是附魔魔法。一旦施展放出系魔法，就會像這樣。」

我說完便朝著樹幹射出火球。畢竟是這種威力的魔法，那也不是枯樹幹，不會燒起來吧。

「原來如此……你是，那個……不，沒什麼。」

學姊欲言又止。不過學姊原本想說什麼，我當然心知肚明。

「我也覺得就一位魔法師而言，自己背負著沉重的缺陷。畢竟身邊就有能隨手施展大規模魔法的高手。」

學姊以凝重的表情直盯著我的臉。

「當然我也會感到羨慕，知道實力差距也曾感到絕望。不過……」

「不過……？」

我爽朗地一笑，注視著學姊那寶石般的眼眸。

「不過我這個特殊體質也有變強的可能性。再加上這個缺陷，反而讓我更有鬥志。要怎麼用這獨特的能力攻略強大的對手，光是計劃都很好玩啊……而且這種魔法其實應用範疇比想像中廣，比方像這樣。」

我說完，讓披肩長椅變形，製造出椅背，讓身子靠在椅背上。我也為學姊那邊製作了椅背後，學姊先是用手推了推，將上半身的重量緩緩託付給椅背。

「這樣啊……看來你各方面都很強悍。」

學姊放鬆原本僵硬的表情，露出感到欣慰般的眼神如此說道。

「我其實心中盤算著，總有一天要站上學園的頂點。」

「還真是大言不慚。不過這目標很不錯喔。」

我明白要站上頂點非常困難，也有男主角和學生會會長這般巨大的高牆，不過我還沒在這世界上嘗試過所有能辦到的事。再說不管是面對男主角或學生會長，我都有獲勝的計畫。

就在我想開口喚她學姊的時候，突然吹起一陣風，拂過火燙的身體，乾燥的土壤和些許學姊的氣味一起竄進鼻腔，感覺非常宜人。她將手擺在武道服上，默默直視著前方，似乎正陷入沉思。

我真的很喜歡水守雪音這個角色。從個性到外表，全部都喜歡。所以我打算引發與她的苦惱直接相關的覺醒事件，讓她變得更強。

自己超喜歡的角色無法發揮真正潛力，永遠懷抱著煩惱，這種事我當然無法接受。我希望在我走向最強的道路上，她能成為險峻的高山或是與我並肩同行的夥伴。

在我這麼想著的時候，學姊突然想起什麼似的輕聲呢喃。

「啊，我想問一下……你知道嗎？」

「什麼事？」

「這地方其實是私有地。以前有個人跟我介紹了這個地方，我只是向那個人借用這裡。雖然以那個人的個性，應該是不需要告知，但我還是幫你問一聲取得許可吧。」

「喔喔，這不用擔心。毬乃小姐是我母親的表姊妹，因為一些緣故，我現在受她照顧。」

聽到我這麼說，學姊大概非常吃驚，一臉目瞪口呆的表情。

「你剛才說的近在身邊的強者……該不會就是學園長？」

「是的。順帶一提，和初實姊算是遠房表姊弟的關係。」

「啊，原來是這麼一回事……不好意思，這樣的話就沒有任何問題。」

她像是接受了我的解釋，如此說道。隨後她若有所思地伸手扶著下巴。

「請問怎麼了嗎？」

她微微搖頭像是在說「沒事，沒什麼」。緊接著——

「話說回來，我也可以借用這個場所嗎？」

她環顧四周如此說道。

嗯？我納悶地跟著掃視四周。這裡是蒼鬱樹林中的橢圓形空曠廣場，腳底下長滿了三葉草之類的雜草。要是躺在不遠處的大樹下做日光浴，想必會非常舒服。雖然效果可能不及國中時代的古典文學課程，但同樣能飛一般地落入夢鄉吧。

好了，回到現實。學姊到底想講什麼呢？

這裡是毬乃小姐的私有地，但學姊本人也已經得到許可，才會在瀑布底下鍛鍊吧。

「呃，我覺得妳要用也沒任何問題吧？」

「不是這個意思，我是在尋求你的同意。我偶爾會遠遠觀察你的行動，這裡應該是你的慢跑路線吧？」

我終於明白她想說什麼。

「我從來不覺得水守學姊礙事，想用就用完全沒關係。況且看到有人認真鍛鍊，我自己也會更有幹勁。」

「這樣啊，那我就不客氣了。不過只要你說一聲，我就會避開瀑布下方喔。修行中的我有礙景觀吧？」

她說這話是什麼意思？別說是有礙景觀了，簡直互相調和。不對，甚至更勝自然美景。

「不會不會，學姊在說什麼呢。這附近確實山明水秀，但是和學姊的美麗相比，簡直不值一提。這地方妳想用就儘管用吧！」

我笑著說道。學姊聽了便愉快地輕笑。

「呵呵，謝謝你。那我就大方借用了。」

從學姊回應的語氣來看，她應該是當作玩笑話，但我是說真的。

之後我們閒聊了一小段時間後，學姊緩緩站起身。

「好了，也休息滿長一段時間，我差不多該回去了。」
「這樣啊……………啊！學姊！」
站起身的學姊俐落地轉身面對我。
「嗯？有事嗎？」
「那個，雖然有些唐突，我有個請求。」
「請求？」
我對頭上浮現問號的學姊點頭。
「是的。可以請學姊幫忙鍛鍊我嗎？在學姊有空的時候就好，最好是直到練成心眼技能為止。」
我這麼說完，學姊以訝異的表情看向我。

水守雪音無庸置疑是位女神。
老實說我原本就做好了會被拒絕的心理準備。這也很正常吧？這是我第一次和她說話，其他交流只有偶爾在自己鍛鍊的過程中遠遠眺望。然而她還是接受了我的請求。果真是女神沒錯。如果這世界真有女神存在，就應該早早退位並將所有權能轉交給學姊。
只是，這鍛鍊會不會太拚命了些？

「學、學學學學姊，這這這樣，真真的有意義嗎？」

瀑布的水嘩啦啦地從頭頂上方沖打著我。雖然這季節已經漸漸回暖，水依然冰冷刺骨，感覺就像赤身裸體撞進雪堆中。不，更在這之上的寒意沖打著我的全身。

「瀧音，你顯然有雜念。」

意思是要我閉嘴照做吧？我相信她的指示，維持打坐的姿勢。在我身旁閉著眼睛的水守學姊同樣盤起腿，任憑瀑布沖打。

「消除雜念之後閉上眼睛，讓體內的魔力活性化。然後在腦海中描繪出朝四周揮灑魔力的意象。」

雖然她這麼說，但我毫無頭緒。暫且聽從她的建議，閉上眼睛讓體內魔力活性化，但接下來就窒礙難行。

「完完全看不到東西啊啊啊……」

「只要順利，就算閉著眼睛也能感覺到我的位置才對。習慣之後，甚至能看見對方魔力的動向，奪得先機。我雖然尚未臻至那般境地，但據說還能發揮透視或預知未來的效果。」

心眼技能在遊戲中是能大幅提升閃避率與攻擊命中率的技能，此外還有一項額外效果——就算置身於黑暗的環境，或自己陷入短暫的目盲狀態時，命中率也不會下降。

我記得遊戲的技能說明欄中寫著「藉由心之眼看穿對方的位置或動靜」。我在展開披肩牆時會造成「看不見前面」的弊病，我期望這個技能會為我解決。取得這個技能有數種方法，其中最簡單的就是請水守雪音傳授。

我睜開眼睛，用眼角餘光打量水守雪音。

和顫抖到無法挺直軀幹的我完全相反，她從未輸給水的衝擊力和冰冷，背脊筆直朝天伸直，身影堅毅美麗。

她在遊戲中是在初期就持有心眼技能的少數角色之一。心眼技能非常有用，被諸位紳士淑女（成人遊戲玩家）認定是作弊技能之一，也是務必取得的技能之一。

只要持有心眼技能，就能得到「命中率上升」、「暴擊率上升」以及「受到全體魔法與命中強化技能之外的攻擊時，閃避性能提升約三成」等功效。閃避性能就已經十分實用了，最優秀的還是命中率上升。因為在遊戲後半會有閃避率高得異常的敵人出沒，擁有心眼技能及大範圍魔法的夥伴會越來越重要。對無法詠唱大範圍魔法的我而言，可說是必須技能，說不定還能消除披肩牆的弊病，簡直是一石兩鳥。

瀧音幸助在遊戲中也能學到這項技能，不過……

我將視線自學姊身上挪開，投向瀑布外頭那片綠意盎然的景色，隨後閉上眼睛集中意識。這之後我雖然持續冥想了一小時左右，但並未取得心眼技能。

既然這樣——

「該不會我從大前提就搞錯了吧？」

瀧音幸助本身確實是可以取得心眼技能的角色，但是現在身體裡裝的精神是我——一到月底的星期五，幹勁就會突破極限的我。各大成人遊戲公司都會為了鎖定發薪日和假日，刻意選在每月下旬的星期五發售，因此幹勁突破極限也是理所當然。

當然就算我捫心自問，也無法得到答案。

不過，拜託水守雪音協助我習得技能已經過了兩天，卻完全感覺不到習得技能的徵兆。再不久就要開學了，明明有很多準備工作等著我，我卻還在任由瀑布沖打。

更讓人傷腦筋的是在我身旁一起被瀑布沖打的她。

水守學姊不知從哪裡弄來了一套巫女裝扮般的服裝。那衣物被瀑布打溼後服貼在肌膚上的模樣異常美豔。我想仔細觀察那模樣，但是在冰水的沖打之下，那些邪念也立刻就消散。更正確地說，連身體的感覺都逐漸模糊。也許正因為雜念消失，更容易聚精會神吧。

結束瀑布修行後，我們用魔法為身體取暖。我對擦拭著頭髮的她問道：

「我個人是覺得很感謝啦，但學姊真的沒問題嗎？」

當然開學在即的不只是我，學姊也一樣。明明如此，每當她在瀑布見到我，總會陪我一起修行。

「瀧音，用不著在意我，我只是在做我自己的修行。」

雖然她笑著說，我心中卻充滿了罪惡感。她的個性非常照顧人，這一點我在遊戲中就已經知道了。這也是我如此中意她的理由。

但是我實在想不到，她這項優點會使我深感內疚。

「最重要的是集中力。先讓精神敏銳到極限，接著去感受魔力。不是用眼睛看，要用第七感去感受。」

等一下，什麼第七感……哎，她想說的意思我也明白，但要實踐非常困難。畢竟在日本的時候沒有魔力感知器官帶來的第七感，要刻意捕捉本身就有難度。

「我甚至聽人說過在窮究心眼技能之後，能感受到觸摸對象時的感覺。我父親也說他能感知怪物的弱點部位。」

隨著心眼技能的熟練度提升，暴擊率也會跟著提升，也許就是因為能感知弱點的位置吧。可以想見和怪物戰鬥時會是很重要的能力，無論如何都想拿到手。

但是，到底要修練多久才能取得？

「……欸，你是不是有些誤會？」

大概是見我沉默不語，看不下去的學姊如此說道。我將視線投向她，只見她那身巫女裝扮依然濡濕透明，雙手抱胸直盯著我瞧。

「怎麼可能那麼快就習得技能呢？」

就這世界的一般常識來想也許是這樣沒錯。但是我知道，在遊戲中就回合數來計算，花費三回合就能習得。換算成日期……大概是幾天的時間吧？這樣一想，還沒習得技能並不奇怪。

「不用著急慢慢來。只要不停下腳步，一步一步確實向前進就可以了。只要不停下腳步就好。」

學姊像在告誡自己般說道。若知道她的現況，這是意味深長的一句話。

「學姊…………不，沒事。」

我好不容易把話吞回去。剛才差點就衝出口，但那並非現在的我可以說出口的話。

「這樣啊。」

語畢，學姊凝視著小河。河水乾淨透徹到能直視河底，毫不止息地潺潺流動。這時一小片落葉輕盈飄落在水面上，順著水流悠悠前行。但在途中那葉片被一塊大石卡住，之後再也動彈不得，只能一直停留在原處。

花邑家現在塞滿了許多箱子，以及整群的美女妖精。

瓦楞紙箱多到玄關放不下，滿到走廊上。箱子上頭寫著「書」、「茶具組」等等的文字以標示箱中內容，數名妖精各自將箱子拆封，搬進琉迪的房間。

「……請問怎麼了嗎？」

突然間問話聲從背後傳來。轉頭一看，美臀的…………克拉利絲小姐正看著我。她現在的穿著並非之前那套騎士打扮的服裝，而是以綠色為底的毛衣與短褲。她手中拿著尺寸較小的紙箱。

「沒有，只是在想事情……」

視線不由得轉向短褲下的修長雙腿。她在妖精之中似乎算得上身材高挑，比其他妖精女性高出一個頭，視線幾乎與我同高，但又長著小巧可愛的巴掌臉，十分美型。哎，按照遊戲設定的話，妖精的外貌水準整體而言原本就比人類高出一截。

「是這樣喔……？」

克拉利絲小姐的視線依舊緊追著我不放。從她的反應來看，我似乎帶給她更深的狐疑了……到底是為什麼？

我想問她是怎麼回事，向前踏出一步時，踢到了腳邊的東西。我納悶地低頭一看，發現似乎踢到了她們的搬家行李。箱子側面貼著紙，上面潦草地寫著幾個單字：

「克拉利絲　衣物」。

這就是那個吧？克拉利絲小姐誤會了。確實我對美女的衣物有些好奇，對她這般美人更是充滿興趣，如果她願意讓我一探這箱祕寶的祕密，要我舔她的腳也無所謂，簡直是無上的獎賞。

等等，還是先收斂白痴的想法吧。站在裝著衣物的箱子前面沉思是我不好，但她真的只是誤會了。

「不、不是啦，我沒有那個意思。」

「這是自首嗎……？」

「不、不是的。只是因為自己的實力沒有成長而煩惱……對，我只是在煩惱。」

「是、是喔。」

她依舊擺著一副狐疑的表情端詳著我。

「對、對了。請問克拉利絲小姐是怎麼習得技能的？我有個一定要學會的技能，但遲遲抓不到訣竅。」

這種時候還是轉換話題最好。哎，她也有可能會直接丟下一句「別想轉移話題。磅！（敲桌子的聲音）」……那一次最後還是挨揍了。

「您說技能？」

這時，克拉利絲小姐的表情有些放鬆了。這就兩種意義而言是個好機會，不只讓話題自衣物轉移，也能向她徵求習得技能的建議。

「是的，我正在受認識的人指導，卻完全沒有取得技能的徵兆……」

她用手扶著下巴蹙眉。

「這個嘛……就只能不斷訓練吧？」

聽她這麼說，我忍不住嘆息。

「果然只有這條路啊。」

到頭來還是只能繼續嗎？但也不知道何時才能取得，要一直下去還滿折騰人的。

「有個說法是……」

這時，克拉利絲小姐將手掌舉到自己面前。

「在人極度渴求的時候，特別容易讓技能覺醒。」

說完，她在手掌上創造出透明平板般的物體。

「實際上我也曾因此習得技能。何不多留意這方面試試看？」

她有些懷念地微笑，觸碰她創造的平板。

「……其實小時候我魔力量充沛，卻不擅長魔法。」

我不由得瞪大雙眼，輕聲驚呼。

「是這樣喔？」

「是啊，所以我才學了劍術和弓術。習得技能而能夠施展一定程度的魔法後，才改成魔法劍與盾魔法的戰鬥方式。」

原來如此。我輕吐一口氣。看來她就和水守雪音一樣，能力偏向近距離戰鬥，但也並非對遠距離攻擊一竅不通。

「關於瀧音先生的特殊體質我已經有所耳聞，和我有一點相似呢。取得技能也許能為你拓展新的方向。」

在遊戲中瀧音幸助無論如何都不可能使用遠距離魔法。而這種特性不限於自己，遊戲中知名的初代聖女也相同。但這個世界與遊戲是否完全一致，目前尚不明瞭。再多花點時間嘗試也不錯吧。

「說的也是……非常謝謝妳的指點。我會再多努力一下。」

我如此對她說完，突然想到——

「不嫌棄的話，我來幫忙吧？」

琉迪的行李有許多妖精搬運，但身為女僕（看起來擺明就是騎士）的克拉利絲小姐完全沒人幫忙。不過，就常識來看是該以殿下優先啦。

「不，那個，有些行李很重……」

「那應該更需要我幫忙吧？況且日後也許還會向妳詢問技能方面的建議，請讓我賣妳這個人情！」

說完，我將魔力注入披肩，擺出勝利的姿勢。克拉利絲小姐見狀便笑著點頭。

「這樣啊，那麼這附近的都是我個人的行李，可以麻煩你搬到二樓嗎？」

「好的，儘管交給我！」

立刻就開始行動吧。我用第三隻手舉起附近的衣物……不對，是寫著「克拉利絲書」的箱子。

「奇怪，感覺很輕……？」

「嗯啊啊啊啊啊啊啊！」

突然聽見克拉利絲發出淑女不該發出的怪聲，害我差點失手讓箱子墜地。

「瀧音先生！瀧音先生請拿這個！」

她如此喊著，不知為何將寫著「克拉利絲　衣物」的箱子遞給我。

怪了，她究竟在想什麼？

我都特地避開衣物了，為何又自己把衣物交給我？

「好、好啊。」

我用第四隻手接過衣物箱。這箱行李重得書都沒得比。

「這個我自己拿！」

這時她從第三隻手中奪下書，有些急促地邁開步伐。

為什麼「書」比較輕，而「衣物」比較重？理由我大致上能理解。大概箱子裡的內容物與標示不符吧。

理由應該是防盜。要是有個大變態心生「想偷她的衣服」的念頭，可以想見犯人會偷走寫著「衣物」的瓦楞紙箱。沒有變態會偷書。當然也有可能只是單純寫錯，但應該不至於這麼粗心。

我用第四隻手拿起擺在附近的其他紙箱，追上克拉利絲小姐的步伐。

走了幾步後，我看著克拉利絲小姐走上階梯，不禁讚嘆。

真是了不起的美臀。肉感的分量十足但又不失緊緻，更重要的是形狀美妙。每當她抬腿跨出步伐，美臀就凸顯在我眼前，再加上自熱褲底下伸出的白皙大腿，稱為藝術品也不為過。如果對象是她，要實際被壓在屁股底下也無所謂。不，應該說我願意當她的坐墊。

「這附近請注意腳邊喔。」

「哎呀～～我在這邊住得還不久，但是我不會跌倒啦。」

「說的也是……呵呵。」

她笑著走上階梯，突然間身體搖晃。

「呃啊～～」

才說完就一語成讖。眼前的克拉利絲小姐踩了個空。

雖然不知道理由，她就像施展摔角招式將紙箱高舉過頭，整個人朝我栽了過來。這樣下去她手中的紙箱應該會直接撞上我的頭。

但是我能閃躲嗎？單純問能或不能，我的確能躲開。但這裡是樓梯，一旦我躲開，克拉利絲小姐就有危險了。

我咬牙準備承受紙箱的衝擊，伸出雙手想支撐她的身體，同時用第三隻手抓住樓梯扶手。

「嗚嘔！」

沒過多久，我的眼前就變成一片漆黑。不知什麼布料蓋住我的臉龐，讓我難以呼吸。但是味道很好聞，有種太陽的香氣。

「啊啊啊啊啊！真、真的很抱歉！」

被我撐住的她與我拉開距離，想從我頭上拿開箱子。

「那、那個，您沒事吧？」

「我沒事。沒什麼問題。」

在我苦笑著說道的同時，瓦楞紙箱被拿開，刺眼的光映入眼中。頭部頓時感到一陣不對勁。因為感覺有東西還掛在我頭上，我將那東西拿到手中，仔細端詳。

「繩子？」

乍看之下是一條細繩，但這其實不是繩子。繩子連接到一片質地單薄的布料上。我敢說這就是那個吧。

我不由得嚥下唾液。

這是為了守護人身為人的最重要部位的神聖布料。造型挑逗的黑色內褲。

話說回來，這玩意兒是怎麼回事？因為絕大部分都由細繩構成，一旦穿上去臀部想必非常驚人。而且前面的布料也薄得近乎半透明⋯⋯⋯⋯奇怪？拳頭衝進眼簾？

「討厭──────」

我的眼前再度變回一片黑暗。

那麼，關於本次事件若要爭論孰對孰錯，毫無疑問錯在克拉利絲小姐吧。因為我完全出自善意才提出想幫忙，而且她在樓梯上遭遇危險時，我善盡了支撐她的責任，換言之我救了她一次。然而琉迪殿下還是對我投以狐疑的目光。

「這是真的？」

不只表情，語氣也非常明顯，遣詞用字越來越接近私底下的狀態。

「是真的。」

我如此回答後，琉迪不可置信般猛然轉頭看向克拉利絲小姐的臉，當然她也點頭承認。這也是應該的吧。

「那、那個，是真的。」

克拉利絲小姐露出滿是歉意的表情，開口幫我說話。

然而，為何琉迪還是用看著變態般的眼神盯著我？哎，我確實有摸過屁股和胸部的前科，她會有這種反應我也不是無法理解，但希望她再多信任我一點。唯一遺憾的是我無法否認自己是變態。

「這樣啊，對不起，抱歉剛才甩你耳光。」

琉迪臉上還是一副難以接受的表情，但這麼說完便低下頭。

「沒關係啦，撞見那個場面，我想不管是誰都會誤會。」

在散落一地的女性衣物環繞下，有個男性手中抓著黑色內褲。目睹這場面會直接動粗也很正常吧。雖然我沒想過會被克拉利絲小姐和琉迪兩人痛毆。

「真的非常抱歉……」

克拉利絲小姐對我深深低下頭。

「沒事啦，我不介意。」

我這麼說完，琉迪在她耳邊竊竊私語。於是克拉利絲小姐用我能聽見的音量回答：「沒、沒有這回事，應該吧。」緊接著琉迪似乎又說了些什麼，這回她臉頰發紅說：「沒有那麼不知羞恥，等等，可是視線的確……」她們到底在品評什麼啊？想必不是什麼好事吧。

就在這時，突然傳來敲門聲。

「琉迪大人，陛下打電話給您……」

一身女僕打扮的女性妖精誠惶誠恐地探出頭。所謂的女僕就該像這樣吧——我這麼想著，看向克拉利絲小姐比較。因為身材很棒，穿上那套女僕裝想必會很合適吧。現在這套便服秀出一雙長腿也很誘人遐想…………更正，洋溢著健康的美感。

琉迪對克拉利絲小姐簡短說了幾句話，一邊注意我一邊離開房間。

「…………」

「…………」

沉默支配了房間。

這下我該怎麼向她搭話才好？我從來沒體驗過這種狀況。

在尷尬的沉默之中，克拉利絲小姐首先開了口。

「好幾次得到您的幫助。那個，如果有我能幫上忙的，我都願意做。有沒有什麼我能做的呢？」

我以為自己聽錯了。咦？她剛才說什麼都願意？

等等，我在想什麼……不禁反射性起了反應。她的意思當然是在常識範圍內，不管什麼事都願意吧。既然如此，我有沒有什麼想對她提出的請求？

…………其實還不少耶。

「既然這樣，我有個請求！」

大概是我幾乎要撲向她的氣勢嚇到她，她頓時渾身僵硬，露出沉痛的表情點頭。

「呃，好的。我已經有所覺悟。」

咦？她到底做了何種覺悟？

「那個，雖然我不知道妳指的是什麼……我想拜託妳陪我練習對打。」

我單純希望她協助我的訓練。看來剛才琉迪在她耳邊細語的內容，很有可能是那方面的。

「…………」

克拉利絲小姐不停眨眼，最後開口說道：

「喔喔，是指練習對打？」

「是沒錯……」

當下這氣氛是要我怎麼辦？

突然間，滿臉通紅的她大聲說：「好啊！」猛然站起身。

「就、就是說嘛，練習對打是吧。當然沒問題，我們馬上來吧。首先要鍛鍊基礎體力。走，我們去慢跑吧！」

不是啦，拜託先等一下。

我用第三隻手制止了正要跑向房門的她。未免太性急了吧？

「請、請等一下。那個，我的意思不是現在馬上。況且，請看一下窗外。」

說完，我示意太陽已經西沉、開始浮現星光的夜空。就算要慢跑，這時天色已經暗了，也快到晚餐時間了。

「沒問題，我來負責照明！」

「等等，太莫名其妙了吧！」

「請交給我，我很會喔。」

「更莫名其妙了。請先冷靜下來。」

若是在漫畫裡，她大概已經混亂到眼睛冒出漩渦了吧，視線也真的正朝四面八方紊亂地游移。

「不，我很冷靜。沒問題。沒錯，人稱我是多雷弗爾的白晝燈籠（註：「昼行灯」，意指笨蛋）——」

那個和燈光又沒關係，而且根本是嘲笑用的字眼吧？

「喂～～琉迪薇努大人、琉迪同學～～請來救救我～～！」

我開門求助。已經撐不下去了。

隨後立刻出現的人影很遺憾地並非我所期待的救星。

「……怎麼了？」

初實姊和平常一樣面無表情，但微微歪著頭。不曉得她剛才在幹嘛，身上穿的白袍看起來像是用顏料塗鴉過。

「那個，克拉利絲小姐她……」

我只是這麼說，姊姊就立刻明白狀況般點頭。

「喔。別擔心，放著別管，明天就會恢復正常。」

咦？放著別管？而且……這該不會要持續一天？

後來，克拉利絲小姐恢復冷靜並回到她房間是大約十五分鐘之後的事了。

因為情況好不容易平靜下來，我正對姊姊詳細描述剛才的經過，直到這時我剛才期待的人才終於現身。

「不好意思，我來晚了。你剛才好像在找我……不過看樣子應該已經解決了？」

「是的，已經解決，沒事了。」

「是喔……………」

琉迪說完，視線停在姊姊的白袍上。那汙漬真的很讓人好奇。但是姊姊看起來完全不放在心上。

「哎，姊姊，言歸正傳……然後克拉利絲小姐不小心滑倒，她的那個……呃，私人行李就掉到我頭上。」

「而且還是女性的貼身衣物。」

琉迪殿下隨即抛出我最不願意觸及的字眼。姊姊理解來龍去脈般點頭。

「真走運。」

「是啊，我也這麼覺得……………琉迪同學！妳的手冒出魔力了！只是開開玩笑而已，息怒啊！」

哎，其實那也不是玩笑話，是真正的感覺自心底洩漏了。

「琉迪？」

她皺起眉頭。啊，在遊戲裡我已經不知見過這樣的她幾次了。在遊戲中被她狠瞪&辱罵明明那麼幸福，在現實中體驗竟然這麼恐怖。話雖如此，我還是萌生了一絲幸福。

「咿！對不起，琉迪薇努殿下！」

她聽了輕輕搖頭。

「叫我琉迪就好，也不用什麼敬稱。我也會直呼你的名字。對了，初實小姐也可以直呼我的名字。話說，你應該不是為了克拉利絲的貼身衣物才故意害她跌倒吧？」

糟了。剛才一度消弭的疑心，因為姊姊的一句話有死灰復燃的徵兆。不對，真正的原因應該是我無意間吐露了心聲。

「怎、怎麼可能是這樣呢？」

「哎，說的也是。不過你一定要記住，如果你懷著邪念靠近我們……」

見她笑著說，我不禁背脊發涼。這氣氛很不妙，想辦法轉移話題吧。

有沒有什麼好話題？我這麼想著，視線飄向姊姊的衣物。對了，姊姊的白袍為何會沾上顏料般的東西？

「我、我當然沒有邪念！話、話說，姊姊剛才在幹嘛？該不會正在忙？」

如果不礙事，就主動提出要幫忙姊姊吧。趁這機會從這裡淡出。

「要說忙是很忙沒錯。其實剛才……我請母親教我做晚餐。」

「哦，原來如此。做菜啊…………」

…………做菜？

我再度打量姊姊那身白袍。在我的記憶中，做菜這種行為使衣服沾上顏料和螢光塗料等物的機率應該不及萬分之一。

不，請稍待片刻。也許這個世界和地球的料理外觀上大相逕庭。事實上怪物的肉也很美味。不只日本，外國也有顏色詭異的零食，以前出國旅行時吃過。對嘛，一定是這樣。雖然外觀教人退避三舍，但吃下肚是安全的。不可能有危險。一定很安全。

現在琉迪就在我身旁，我請她為我詳述這世界的料理吧。我敢說她一定會像平常一樣先對我說：「什麼？你連這種事都不懂？真拿你沒辦法。」然後告訴我真相。

為了抹去那一絲不安，我凝視著琉迪。然而，只見她臉色蒼白，浮現僵硬的微笑。

這可不是鬧著玩的。

「我想請母親試吃，但她好像突然有工作要處理……所以說，如果你現在有空……要不要？」

毬乃小姐竟然逃走了，發現場面失控就逃走了。

「！………啊啊啊啊～～抱歉，姊姊！我忘了買學園要用到的東西……我原本預定接下來要去買的！」

我一說完，她那沒有表情的臉龐似乎透出一抹悲傷……我有這種感覺。

「是喔……那琉迪要不要？」

發現話鋒轉向自己，琉迪嚇了一跳，渾身僵硬。

「呃，那個……該怎麼說才好……」

語無倫次的她看向我的臉，立刻露出靈光乍現般的笑容。隨後她靠到我身旁。

「對了，我差點忘記，我預定要跟他一起去買東西！」

咦？

「我、我不曉得有這件……嗚咕！」

在整句話說完之前，背部傳來銳利的痛楚。琉迪似乎強化了自己的身體並使勁捏了我的背。有必要用上強化魔法嗎？

「配合我啊……」

她在我耳畔低語。不妙，額頭爆出青筋了。

「我、我也差點忘記這回事了。不好意思，姊姊，就下次再說吧……」

「是喔，沒辦法。」

語畢，姊姊擺著有些悲傷的表情離開房間。

目送她的背影消失後，我和琉迪同時嘆息。

那麼，為什麼我會說出要買東西這種藉口呢？

回想起來，剛才為了阻止克拉利絲小姐繼續失控，我自己不是講過了？太陽都已經西沉了。哎，雖然現在時間不算太晚，路上車流和行人也還算多。話雖如此，星光十分閃亮。

我和琉迪走在這樣的夜路上。我覺得自己搞砸了許多事，不過琉迪似乎和我完全不同，看起來滿愉快，打從剛才就不停問我：「喂，那是什麼？」雖然不曉得理由，但她很享受就好。

在她的好奇心趨於沉靜時，我決定拋出一直很在意的問題。

「欸，妳覺得初實姊剛才在做什麼東西？」

她一瞬間停下腳步，但立刻邁開步伐。

「…………她不是說了嗎？呃，就那個……做菜吧？」

「妳做菜的時候，會讓衣服沾上螢光塗料或顏料之類的東西嗎？」

琉迪沉默不語，只有腳步聲傳來耳畔。

「………………也許是生化武器。」

雖然我也想否定：「這怎麼可能嘛。」但是……

「……無法否定這種可能性。」

沉重的氣氛環繞四周。因為酒醉的路人差點撞上琉迪，我改變彼此位置並說出自己的希冀。

「那個成品說不定能吃啊。」

「你覺得放射螢光光澤的料理能吃？」

這還用問。

「就連放到嘴裡都不願意啊。」

「這是當然的吧。」

在有些沉重的氣氛中，我們抵達了目的地。那是現在隨處可見的二十四小時營業的便利商店。剛才我們兩人商量決定了目的地，由於也快到晚餐時間，就選了馬上能抵達的地方，才會造成如此結果。

「妳有來過便利商店？」

「少瞧不起人喔，我來過一次啊。」

呃，妳只來過一次喔？我在日本生活的時候，去便利超商的頻率高得嚇人。

她一走進店內，馬上就滿心好奇地左顧右盼，隨後搖搖晃晃地邁開步伐。我已經決定好要買的東西，一直線前往那一區。

那正是「泡麵」區。

在種類繁多的泡麵中，我隨便選了幾種看起來好吃的放進購物籃，之後看向琉迪。

她拿起應是主攻時下女高中生的女性雜誌，快速翻閱，但大概對內容沒有共鳴，她顯得有些不知該作何感想。我將注意力轉回泡麵區，把最貴的泡麵放進購物籃。

走出便利商店後，帶點涼意的風拂過肌膚。這種沁涼的天氣如果持續下去，含苞待放的櫻花可能還要再等一陣子才會展現美麗身影。

結完帳來到店外時，琉迪正在操作毬乃小姐交給她的特殊智慧型手機。當時毬乃小姐說：「這是護身用的，幸助和琉迪妹妹一定要隨身帶著喔。」

她注意到我，抬起臉並凝視著購物袋。

「你買了不少喔。」
「哎，這些東西先準備也不會怎樣，總是會派上用場。」
我買的東西足以裝滿一個頗大的塑膠袋，不過琉迪手上只有一個小袋子。我盯著袋子，對她問道：
「妳買了什麼？」
「因為有賣看起來很奇妙的小點心……忍不住就買了。」
她從袋子裡取出商品，我定睛一看，發現那應該是懷舊零嘴。
「喔喔，這種零嘴我吃過不少耶，有種不可思議的成癮性，我以前很常買。」
「是喔？好吃嗎？」
「如果和我吃過的那種一樣的話啦。話說，妳平常不太吃零食嗎？」
「啊？會吃啊。幹嘛問這個？」
「沒有啦，只是妳好像在零食區挑了很久。」
琉迪嘀咕著「啊啊」，從袋子裡取出零食，繼續說：
「你也知道嘛，因為我家很大，歷史也滿悠久的吧？我本來就很少去那種店，就算想吃也會被營養師之類的人阻止。所以今天我很開心喔，而且也很期待。」
她這麼說著，將懷舊零嘴收回袋中的同時展露笑容。

啊啊，原來如此——我不由得這麼想。我能夠理解，身分地位越是崇高，這類麻煩的束縛也會增加。平民會去的那種店家，她恐怕幾乎不曾去過吧。因為現在她來到了花邑家而得到自由，才有機會造訪某些地方。

「對了，不然我介紹妳一些有意思的店吧。」

「咦？你喔？」

她笑著說道。

「對啊，交給我吧。雖然我也才剛搬到這鎮上，不算熟，不過我很擅長發掘這種店，不枉常有人說我『人生好像很愉快嘛』。」

雖然有一半是挖苦吧。

「呵呵，什麼跟什麼嘛。聽起來非～常讓人不安耶……哎，就拜託你吧。既然你都這樣講了，一定要讓我開心喔。」

「當然。儘管放心。」

我們笑著朝自家邁開步伐。

在那之後我們走了一段時間，快抵達家門口的時候，我不經意把手伸進口袋，感覺到繩子般的東西纏上指間。我感到好奇而仔細觸摸那條繩子。

「咦～～～！」

在我理解那是什麼東西的瞬間，驚呼聲衝出喉嚨，涼意沿著背脊流竄。

「怎麼了嗎？」

「沒、沒事，沒什麼。只是突然想起一些事。」

「是喔？什麼事？」

「不值一提的小事罷了，用不著在意啦。」

我如此回答，但琉迪皺起眉頭，嘀咕著「咦～～」並抱怨：

「聽你這樣講，我更好奇了耶。」

「真、真的用不著在意！還是在意今天的晚餐比較有意義吧？」

我這麼說的瞬間，她的肩膀猛然垂下。

「說的也是……」

絕望的表情。我同樣很可能遭遇琉迪想像中的災害，照理來說我現在應該絞盡腦汁找出活路，然而我實在沒那心力。

回到家中與琉迪分頭後，我連忙趕回自己房間。

關上房門，猛然深呼吸。所以，這玩意兒究竟為什麼會溜進我的口袋？

我把手伸進左邊口袋，指尖隨即觸及繩子般的物體。如果我的想像與事實相符，那當然不是鞋帶，也不會是耳機線或電源線。而且那絕對不屬於我。我用手指勾住那條線，自口袋中抽出。

從口袋探出頭的物體是一條黑色繩子，上面附有小小一塊布料……是克拉利絲小姐的內褲。

「哈哈…………咦咦咦咦咦！」

就某種意義而言，比費馬最後定理還要困難的挑戰正握在我的掌心。

今晚的花邑家非常安靜。

也許是因為白天有許多妖精族的女僕在吧？好幾位女僕進進出出搬運行李，當然免不了吵吵鬧鬧。相較之下現在就顯得安靜多了。

話雖如此，未免也太安靜了吧？餐廳現在除了一個人，氣氛彷彿守靈夜。

為何會如此安靜？算了，明知故問就到此為止。真正的理由我當然心知肚明。只要置身於此，任何人都會閉口不語吧。

我拉高視線。

餐桌上擺著形形色色的料理，每一道都亮眼得令人難以直視，看起來有如某著名主題樂園引以為傲的夜景般色彩繽紛。沒錯，不是「白天」，而是「夜景」。不過不幸中的大幸是，唯獨白飯看起來還算正常。

我將視線挪向周遭。

「…………」

琉迪臉色慘白，一語不發。當我看著她，她也緩緩將視線轉向我，嘴脣顫抖著。但我只能對她輕輕搖頭。

「哎、哎呀，很漂亮呢！」

毬乃小姐浮現僵硬的笑容如此說道。在食物兵器正逐漸構築成形的當時，毬乃小姐卻選擇了逃離現場，我想她才是眼前慘狀的最大原因。

「我有自信。」

姊姊面無表情地挺起胸膛。不曉得她這股自信到底來自何處，真想好好逼問她一整個小時。

克拉利絲不在這裡大概是因為尚未恢復。三十分鐘前我們發現她倒在廚房，嘴邊留有閃耀發光的某種翡翠綠物質，因此原因非常明瞭。大概還要一段時間才能復活吧。

此外，我也因為這樁事件完全錯失了把內褲還她的時機。恐怕只剩下當作寶物封印起來這條路了。

「來，吃吧。」

究竟是為什麼呢？姊姊這句話聽起來好像宣判死刑。

我挪動視線，發現毬乃小姐與琉迪都直盯著我看。兩人沒有說出口，但視線正懇求我先吃。

我拿起湯匙，舀起眼前的謎樣物體。觸感近似於布丁，但究竟是為什麼？就像是浮在海面上的原油，隨著觀看角度不同呈現不同色彩。

「肉花了很長時間燉煮，應該十分美味。」

難道是引發了化學變化？

我在腦袋中再三告訴自己這很美味，送入口中。

四面八方傳來聲音，而且不只是一個人的聲音。好幾位女性招手要我靠近。據她們所說，那邊似乎有許多美少女（每個人看起來都很年輕，但是全員好像都十八歲以上喔！），美少女妹妹每天早上來叫人起床，美魔女媽媽端出親手做的美味早餐，前往學校的路上還有美少女童年玩伴陪伴同行，而且聽說明明是男性卻能進入貴族女校就讀。多麼美妙的地方啊。決定了，現在就動身吧！

這麼想的瞬間，疼痛自左腳傳來。

「啊！」

琉迪神情焦急地看著我。看來似乎是她捏了我的大腿，多虧她把我拖回現實。

「怎麼樣？」

姊姊問我。

「呃，嗯～～看來還需要不少修行。」

我如此回答。就各種意義來說，需要鍛鍊面對死亡的勇氣吧。

「嗚！」

旁邊突然傳出呻吟。轉頭一看，毬乃小姐吃了看起來應是安全地帶的白飯後，伸手按著喉嚨。

「初實，妳該不會……洗米時用了清潔劑？」

「嗯，用了除垢力特別強的。」

「是、是喔。聽我說，初實，洗米時不用清潔劑，要用水洗。」

看來致死性的陷阱藏在白飯。

「對不起，我下次會注意。琉迪，吃白飯以外的。」

琉迪原本還愣愣地看著毬乃小姐與初實姊間的互動，這時她猛然一顫。

琉迪剛才的表情就像是玩外匯賠掉自己全部財產，但這下似乎被強行拉回現實。

「好，好啊。」

她面露僵硬的笑容，拿起湯匙。

我將視線從她身上挪開，強忍著手的顫抖，將菜餚（？）送進口中。

也許該稱之為苦味、酸味與辣味彼此混合的苦痛全席吧。每次咀嚼都傳來某種鮭魚卵爆開似的顆粒口感，噁心得教人難以忍受，而且每次咬碎顆粒狀物都會冒出苦味和酸味，充滿整張嘴，半冷不熱的溫度也助長了噁心的感覺。

送進口中的瞬間苦味與酸味就充滿口腔了，在吞嚥之後餘韻依舊久久不散，到底是有多纏人？

「啊啊啊啊啊……○×■#★〒‡▼※！」

身旁傳來了慘叫聲。是琉迪。

突然間琉迪發出了淑女絕不應該發出的怪聲（也許是自體內湧現的慘叫），站起身飛快衝出房間。

初實姊神情哀傷地垂下頭。目睹那反應，毬乃小姐連忙開口說：

「哎、哎呀呀，琉迪妹妹是怎麼了？是、是不是害喜呢？」

毬乃小姐說出了腦袋沸騰的人才會選的笑料，但我毫無心力吐槽，只是因為不想見到姊姊悲傷的表情，拚命把東西塞進口中。

那麼，我究竟是在何時回到房間的呢？

回過神來，我已經在自己的房間，而且坐在書桌前，攤開在桌面的筆記本上寫著

「色即是空　空即是色」。剛才我究竟見到了什麼真理？過程完全沒有殘留在記憶之中這點不知是福是禍。

敲門聲傳來。那不是毬乃小姐或姊姊，她們會直接在門外喚我。既然如此，想必是那兩人其中一方吧。我立刻就回應：「請進。」

緩緩推開門探出臉的來客是琉迪。平常總是尖挺的妖精耳向下垂，臉色依然蒼白，顯然尚未擺脫剛才那些謎樣物體的衝擊。

她默默地走進房間便跪坐在地毯上，然後告解似的開口：

「……我問你喔，活著是什麼意思？」

症狀嚴重。不久前的我大概也像這樣吧。

「……那當然是得到幸福啊。」

「幸福……又是什麼？」

語畢，她的小腹傳出「咕嚕～～」的可愛聲響，但是她幾乎沒有顯露任何反應。若是在成人遊戲中見到的她，應該會臉頰泛紅地找藉口說：「不是你想的那樣！」然而現在她只是緩緩地用手摀住小腹。

我讓跪坐著的琉迪坐到椅子上，將泡麵遞給她。那是便利商店賣的泡麵中價格最高的那種。

她接過泡麵卻還是一動也不動。看來她應該不知道怎麼煮吧。我請她將泡麵先還給我，把礦泉水注入擺在房內的熱水壺。一面教她怎麼煮，一面開始煮泡麵，最後將煮好的泡麵遞給她。我把免洗筷也交到她手上後，她終於慢條斯理地吃了起來。

一顆顆水滴自她的眼眶滾落。

「嗚嗚，好好吃……好好吃喔……」

她痛哭流涕。她的心情我也感同身受，但是那張哭臉讓我受到多重的打擊，讓我心慌意亂。

因為她本來就不是愛哭的女孩。雖然常常露出泫然欲泣的表情，像是在飯店那一天我也曾見過，但僅只於此。在遊戲中她真的哭出來的場面只有面臨與邪神教的最終決戰那時，現在她卻哭了起來。

沒想到在遊戲中唯獨與邪神教決戰時才能看見的哭臉，居然會在吃泡麵的時候浮現啊…………

「到底發生了什麼事？」

在瀑布底下碰頭後，學姊一見到我的臉，立刻擔憂地這麼說。

「學姊，看起來好像沾了螢光塗料般閃亮的菜餚……妳有什麼想法？」

學姊歪過頭。

「那真的是菜嗎？」

「那已經是足以磨滅人類精神的兵器了……」

「……我不太懂你在說什麼，但今天還是早點回去休息吧？」

聽她這麼一說，我稍微思考。現在要是被瀑布沖打，恐怕抵擋不住衝擊力。今天還是不要到瀑布底下打坐吧。

「說的也是……那今天只要慢跑就好了。難得學姊都來了，真的很不好意思。那我先走一步了。」

我彎腰行禮，打算回到平常的慢跑路線時，肩膀被她一把按住。

第七章 慾望有助習得技能

「瀧音，我不是那個意思，而是建議你取消今天所有訓練。」

「咦？要是不做任何訓練，不會睡不著、肌肉痙攣或是看見幻覺嗎？」

「你難道不訓練就會產生成癮症狀嗎！」

這樣一說還真的像是戒斷症狀。

「總覺得身體不動就會不安……」

「不安啊……面臨重要的比試時，我有時也會感到不安。不過你似乎更嚴重些……這個嘛，很好，你先去換便服再過來，我帶你去個好地方。」

我換好衣服後，她帶我來到距離學園不太遠的商店街。

「瀧音你喜歡吃甜的嗎？」

走在身旁的學姊如此問道，我點頭回應。這個問題讓我大致能預料目的地。

「這樣啊。那你應該會中意吧。」

是約會事件會去的哪個地點？我猜想著目的地時，學姊突然停下腳步。

「學姊，怎麼……………感覺很可疑耶。」

那是一位將帽子壓得很低的金髮女性，戴著深綠色太陽眼鏡，口罩遮著嘴。身高雖然不如學姊，但就女性平均來說算高。光看那裙襬下方的修長雙腿再加上巴掌臉，要當模特兒也沒問題吧。

「你也這麼認為？」

是哪位演藝圈的名人嗎？不過這身打扮實在太過可疑，反而惹人注目。變裝技術太過拙劣，簡直像是希望別人發現，宛如漫畫中的登場人物。

那位女性在餐廳與拉麵店前方來回踱步。不知是心有困惑，或是舉棋不定。

「要怎麼辦？」

「未免太可疑，而且也太醒目了。稍微問一聲吧？」

學姊說完便走上前去。我快步站到學姊前方，同時將魔力注入披肩，做好能立刻讓披肩變形的準備。

「不好意思，請問有什麼困擾嗎？」

學姊對她問道。那名女性轉身看向我們——而且是在注意到我的瞬間，倏地有所反應。

「沒、沒什麼！」

總覺得這聲音很耳熟，還是最近時常聽到的說話聲。我定睛一看……

「妳該不會是……」

在我即將說出那名字的瞬間，她已經轉身背對我試圖逃走。但因為我有所準備，立刻就用第三隻手捉住她。她在披肩纏繞下揮動手腳掙扎，這讓她的太陽眼鏡歪掉，預料中的臉龐映入眼簾。

「……妳在幹嘛啊，琉迪？」

被披肩綁住的可疑人物正是琉迪薇努・瑪莉・安潔・多・拉・多雷弗爾殿下。

「請各位慢慢享用。」

服務生留下這句話就走了。水守雪音學姊坐在我眼前，而在她面前已經擺上裝有抹茶提拉米蘇的方形容器和綠茶。坐在我旁邊的琉迪點的似乎是抹茶百匯，甜筒中裝了抹茶冰淇淋，加上許多草莓與大量鮮奶油，看起來非常美味。老實說我全部都想品嚐。

也許我不該只點抹茶巧克力火鍋，也該點些其他甜點。

「沒想到竟然是多雷弗爾大人……」

學姊呢喃道。琉迪先將口中的甜點嚥下，搖頭說：

「妳是幸助的師傅吧？叫我琉迪就好了。我不喜歡太敬畏的態度。」

大概是因為那副打扮被人目擊，讓琉迪也拋開顧忌了。那不是千金大小姐的口吻，而是平常的說話方式。老實說那個打扮實在很有問題。

學姊呼的一聲輕吐一口氣。她一直正襟危坐，我之前也像她這樣就是了。

「話說回來，剛才妳一個人在做什……！」

我原本想問，但是大腿被她猛捏一把。意思大概是不要我提起吧。

「對、對了。我正好想問一些有關月詠魔法學園的問題。如果妳願意，可不可以告訴我？」

琉迪強硬地嘗試轉換話題。學姊雖然對轉得太硬的琉迪感到疑惑，還是一一回答她的問題，其中也包含了對我有益的資訊。

「哦～所以說開學後還要過一段時間，才能拿到進入迷宮的許可啊？」

「每位教師的方針是安全第一，此外也有規定一開始要和學長姊一起進入。」

原來如此。我和琉迪點頭表示理解。看來這方面和遊戲設定相同。

那麼假設第一次挑戰迷宮時的隊伍成員也和遊戲中一樣，我會和男主角一起行動吧。其他人選會隨著男主角的選項而改變。隨著選擇不同，有可能除了我們兩個以外都是獸人，也有可能和琉迪與學姊成為夥伴。我希望至少能和琉迪或學姊其中一人同隊，應該會比初次見面的對象更聊得上話。

「那學姊願意陪我一起進迷宮嗎？這樣想必能夠安心。」

我這麼說完，學姊哈哈笑道：

「如果組隊方式和去年一樣，基本上是隨機抽選，可能性很低喔。我會找認識的教師詢問看看，但是別太期待。」

我剛才只是隨口說笑，但她似乎願意幫我問問看。不過我這時才想到，要是去拜託毬乃小姐，她說不定會幫忙調整人選。

「那就拜託學姊了。」

我這麼說完，學姊便笑著點頭。

「我還有一個問題想問。聽說這附近有好幾個迷宮，想進去就進去沒關係嗎？」

「並非如此。如果實力順利進步當然全都能一探究竟，但是初期就能得到許可的只有少數幾個。而且那少數幾個也要等開學後一段時間……這個我剛才也提過了。」

喔——我點頭回應。看來這部分也和遊戲幾乎相同。

我有些好奇的是資料片追加的迷宮怎麼了。當然一定存在吧？萬一不存在可就傷腦筋了。這麼說來……愚人節特別迷宮也有嗎？那迷宮真的各方面都很扯。構思那種設定的人已經抵達常人所不能及的境地。

真懷念啊。為了解鎖全部迷宮，費了我很大一番功夫。特別是要解鎖作為各大店面特別贈品的五個迷宮，一定要在五種不同店家各買一套遊戲才能全部湊齊，簡直是吃定了我們這些玩家。我還記得我和友人分頭去買，但因為我想要琉迪、學姊和會長的抱枕，明明已經買到遊戲了還得跑到「好像很美味的書（註：暗指Mel○nBooks）」或「好像很柔軟的地圖（註：暗指S○fmap）」。

おしながき～

這時我把手伸向自己點的抹茶巧克力火鍋。視線不經意往旁邊飄去，琉迪正要將草莓和抹茶冰淇淋送進口中。

「幹嘛？」

「沒有啦，只是覺得好像很好吃……」

我如此說著，張開了嘴。雖然我想著可能會有某些奇蹟發生，讓冰淇淋自動飛進我口中，不過當然沒有這種事。

「啥？為什麼啦……該不會你喜歡百匯？」

「甜點我都喜歡。最愛的還是抹茶口味。」

當然那個我也喜歡。我自從玩過那款遊戲後，對於「攻略某位女角的時候，突然浮現另一位女角的臉而念念不忘」這種心理狀態，以在「那位女角的名字」加上「病」稱呼。換作是鍵之子（註：指喜愛遊戲公司Key出品的遊戲的玩家），病名也許會是其他女主角吧。

「哦，還真巧，我也獨鍾抹茶口味。既然這樣，雖然這個我已經吃了一些，你要不要品嚐看看？」

她說完便轉動方形容器，推向我這邊。原來如此，只要用新的湯匙吃她還沒碰過的地方，就不構成間接接吻了。真的好可惜。

「謝謝學姊。」

我這麼說著，同時將自己的抹茶巧克力火鍋推向學姊。光是這個動作，學姊就理解了我的用意，將手伸向抹茶巧克力火鍋。

我拿起放在桌旁的備用湯匙，挖起一匙抹茶提拉米蘇。

「啊啊～～真好吃。」

不由得面露笑容。抹茶巧克力火鍋雖然不錯，不過提拉米蘇也超讚。說不定提拉米蘇還更好吃。下次來的時候就點提拉米蘇吧。

「……看你那張幸福的表情，連我也想吃了………光看你的吃相就覺得好像真的很美味。」

琉迪說完便將百匯遞給學姊。

之後我們三人互相分享甜點。

「多使用全身會更好吧？」

「用全身？」

「是的。類似迴旋踢的原理，全身旋轉一圈的同時出拳。您覺得怎麼樣？」

克拉利絲小姐說完，為我示範一次迴旋踢的動作。

「………我試試看。」

克拉利絲小姐舉起盾牌，而我將身體旋轉一圈，朝盾牌揮出拳頭。

「狀況允許的話，用第三和第四隻手可能也不錯。」

聽她這麼說，我這回揮出兩條披肩手臂，有如鐵鎚轟向盾牌。威力確實爆發性提升，但同時使用披肩兩側，在防禦方面留有不安，而且感覺破綻也滿大的。不過只要視情況施展應該很有用吧。

我屢次練習這個動作後，接下來開始打模擬對戰。當然也不忘記實際演練剛才學的招式。

「……還滿不錯的。今天就先到此為止吧。反覆練習這招式提升熟練度應該會有成效，想必會為您派上用場。」

「呼、呼、呼………真的很謝謝妳，克拉利絲小姐。」

「不會，這只是舉手之勞，您有需要隨時都能來找我。」

如此說完，她擦拭汗水，面露微笑。我都已經喘成這副德性了，她看起來卻毫無倦色。而且──

「果然我還有待加強啊……」

接受克拉利絲小姐的訓練，讓我清楚明白自己還需要努力。

「在我看來已經十分異常了。換作是我，根本不成對手喔。」

這句話伴隨著一條毛巾飛向我。我接下那條毛巾，對琉迪道謝並擦了擦臉。

「沒這回事。琉迪薇努大人就這年齡來說身手已經非常了不起。」

克拉利絲這麼說著想為琉迪打氣，但琉迪似乎不領情。她板起臉直盯著克拉利絲小姐。

讓琉迪的戰力增強啊……

「琉迪……先學會縮短詠唱應該挺不錯的吧？」

身為主要女角的琉迪隨便培育也會變強，而且還能學會豐富的遠距離火力特化技能。正因如此，縮短詠唱能成為無上的助力吧。

這時我突然想到，那才能和瀧音幸助恰巧完全相反。雖然我對遠距離頂多只能投擲東西攻擊，除此之外沒有其他手段，但是在近距離戰鬥能發揮相當強的威力。

如果兩人合作，也許是可以互相補足弱點的最佳組合。

「縮短詠唱啊，我也想學……但現在的我有辦法學會嗎？再說有人能教我嗎？」

她歪著頭問道。對於琉迪這種在遠距離以魔法不停轟炸的角色，縮短詠唱或取消詠唱可說是必須技能。取消詠唱必須取得高等級迷宮中的道具或是透過遊戲尾盤的事件，不分實力強弱都能取得，但首先還是要取得縮短詠唱。這個技能在遊戲中同樣不分實力都能習得……不過從我這個至今仍無法學會心眼的例子來看，事實如何實在很難預料。然而……

「應該懂這個技能且願意教妳的人就在身邊嘛，而且還有兩個人。」

「咦？」

琉迪歪著頭思索究竟是誰。所以——

「拜託指點迷津，姊姊！」

我對著正啜飲咖啡閱讀資料的初實姊低頭懇求。我身旁的琉迪也低下頭。我先是懷疑公主殿下對人低頭真的沒問題嗎，但轉念一想，對教師或師父求教應該無所謂吧。大概吧？

「開學之後我會開始忙……現在還可以。但是別去找母親，她應該很忙。」

我將琉迪交給姊姊照顧後，獨自一人……不對，我和不知不覺間跟在身後的克拉利絲小姐一同前往書庫。

「瀧音先生不用學縮短詠唱嗎？」

跟在我身後的克拉利絲小姐這麼問，我點頭回答。她不需要隨侍琉迪身旁嗎？哎，她大概判斷有姊姊在就不用擔心吧。

「基本上我只要把魔力注入披肩就夠了。」

最近我隨時都將魔力注入披肩，就類似隨時隨地持續施展魔法，已經沒有詠唱的問題。這麼說來，我能讓附魔魔法維持整整一天……我的魔力量究竟是怎麼回事……？感覺我似乎成長到突破極限了耶。

「那麼瀧音先生到書庫有什麼用意嗎？」

距離和學姊的瀑布修行還有一段時間。要在房間休息也不錯，但既然有空閒——

「沒有啦，我只是想說找些可能有用的魔法書。」

只是覺得既然有空，乾脆選有實際利益的方法來打發時間。

「原來如此。」

打開書庫門，紙與墨水的氣味隨著氣流飄過我和克拉利絲小姐身旁。克拉利絲小姐先是掃視書庫整體，隨後就在書架角落不知挑選著什麼。

我則是在自己應該能使用的技能較多的「強化身體與恢復魔法相關」的分類區尋尋覓覓，最後找到了應該頗有助益的書。

我拿起書走向沙發，然後從附設的冰箱裡拿出冰咖啡，坐上沙發打開書。

「贈予魔法嗎？」

聲音突然傳到耳畔讓我不由得闔上書本。克拉利絲小姐就站在我身旁。

「我嚇到了，妳什麼時候跑到我旁邊了？完全感覺不到氣息耶！」

「這是匿蹤技能啊。」

她有些自豪地說完，淺淺一笑。也許因為克拉利絲小姐平常總是正氣凜然，突然顯露的笑容非常可愛。

「……我很希望妳能指點我就是了。」

「可以啊，就在訓練的時候教您吧。話說，您想學贈予魔法？」

是啊——我點頭說道。贈予魔法是將自身的魔力轉讓給他人的魔法。

「克拉利絲小姐應該也知道，我的魔力量十分異常。」

運用瀧音幸助這個角色的紳士淑女並非人人都會讓他專職當肉盾，也有玩家會澈底提升其魔力量（MP），讓他學會贈予魔法，請他擔任ＭＰ補充機。這是在魔探中持有最多ＭＰ的瀧音幸助的最佳解——曾有段時間這是公認的見解，但也只有遊戲第一輪、第二輪，或是自行限制玩法的紳士玩家們才會用上。

理由在於遊戲中戰勝最終魔王後，重新開啟新一輪的遊戲時不只能繼承「角色數值」、「恢復道具」和「金錢」，而且「遊戲初期就解鎖全部道具店」。持有這些繼承要素，玩家就能揮霍無度地使用ＭＰ恢復道具，如此便沒有必要特地帶著瀧音進迷宮。

像我，基本上除了男主角外只會選美少女當隊員。這是當然的。

「原來如此，瀧音先生應該能有效活用吧。」

克拉利絲小姐點頭。

如果這是破關好幾輪的遊戲進度，我大概不會想要特地取得技能，但是在遊戲第一輪先學起來肯定有益無害。

「比方說琉迪就會大量消耗魔力嘛。如果我能把魔力轉交給她，她就可以不須太在意魔力問題施展魔法吧。」

對於在遠距離以魔法轟炸的琉迪來說，以藥品補充魔力可說是不可或缺的手段。因為在遊戲中使用道具沒有限制，只要有錢就能恣意施展。

這時我看向克拉利絲小姐，她的嘴脣像是欲言又止般一開一闔。我一瞬間感到疑惑，但立刻就理解了原因。

「呃，琉迪薇努大人還沒學會消耗量那麼大的魔法。」

……我好像說溜嘴了。我一時忘記，在遊戲設定中，琉迪剛入學時只懂得施展基本魔法。

「啊，我、我是放眼將來啦！」

「說、說的也是。我個人也覺得琉迪薇努大人應該很適合那類魔法。」

氣氛變得怪異，我逃避似的看向書本。之後我將突然湧現心頭的疑問隨意拋向克拉利絲小姐。

「該不會克拉利絲小姐懂這種魔法？」

「懂啊。要我教您嗎？」

我不由得輕聲乾笑。

也許我已經得到了作弊要素，而且是故事（遊戲）中沒有登場的要素。

「嗚哇～～」

結束了贈予魔法的訓練，回到客廳時從窗口看見一片雨幕。回想起來，我剛才在外頭就有快下雨的預感，好天氣撐到模擬對戰結束已經算是好運了吧。

「雨不小啊。」

因為這陣子天氣滿乾燥的，對植物來說想必是天降甘霖。但對我而言，這份自然的恩惠不怎麼教人高興。萬一雨一直下到明天，我不只是不能去慢跑，也無法見到學姊的臉、聽不見學姊的聲音，更沒辦法呼吸學姊自身醞釀的靜謐氣氛，最重要的是無法欣賞學姊那全身被瀑布淋溼的妖豔身影。

「幸助。」

聽到有人叫我，我轉過身。拿著魔杖的初實姊正望著我。在初實姊身後，疲憊的琉迪也緩緩走過來，大概是請初實姊幫忙訓練縮短詠唱。我曾聽說初實姊在魔法這方面非常嚴格，不允許任何妥協。

此外，琉迪因為面臨敵對組織的威脅，態度也積極。但似乎因為訓練一直持續到魔力耗盡，就連走路都覺得疲累，低聲嘀咕著希望初實姊能稍微手下留情。

雖然我知道琉迪的辛苦，但我還是支持姊姊這種訓練法。經過我自己的驗證，得知盡可能使用魔力才是提升魔力量的捷徑。

「幸助的準備都完成了？」

我歪過頭。她指的是什麼準備？

「因為快要開學了。」

喔喔。我點頭應聲。確實開學典禮迫在眉睫，當然準備已經非常充分。

「用不著擔心，況且也沒有太多必須品。」

我這麼說完，姊姊的眉毛微微往下垂，嘴角似乎顫了一下。那大概是姊姊的笑容吧。而且她還用右手比出圓圈。

「嗯。東西都要帶到喔。」

姊姊說完便走向樓梯。我對坐在沙發上彷彿失了魂的琉迪問道：

「還活著嗎？」

「……不行了。在我死前，我想吃拉…………不對，是冰淇淋。」

她的手悠悠伸向我。琉迪薇努殿下有令，要小的立刻送上。

「真拿妳沒辦法……」

我打開冰箱冷凍庫尋找冰淇淋。也許該說不愧是花邑家，又或者在這個家是理所當然呢？裡頭塞了許多高級盒裝冰淇淋。我從裡面拿了兩個她喜歡的巧克力草莓口味，走回她身旁。

「謝謝…………」

將其中一個遞給她，之後我打開為自己拿來的冰淇淋……感覺最近我和琉迪越來越沒隔閡，有種變成家人的感覺。哎，比起生疏見外要好多了吧。

仔細一想……照理來說琉迪私底下這一面只會在男主角和女性角色面前顯露，我能見到這一面真的沒問題嗎？

「奇怪？我有告訴過你我喜歡什麼口味嗎？」

啊，我好像沒問過。雖然在遊戲中早已經聽過不知幾次了。

「喂喂，上次和學姊一起的時候不是講過了？」

這種時候就是要充滿自信地扯謊，大部分時候都能順利騙過對方。

「是這樣喔？」

語畢，她不太有興趣地用湯匙挖起冰淇淋。大概是因為缺乏魔力，一舉一動都顯得慵懶無力。見到這樣的她，我突然靈機一動。

「……欸，琉迪，可不可以讓我練習魔法？」

「啥？」

你在講什麼啊～～？板起臉的琉迪這麼說，輕輕搖著湯匙。

「這個嘛，其實剛才克拉利絲小姐教了我贈予魔法，不過我還沒實際對人用過。如果妳願意，我想試試看。」

她嘴裡叼著湯匙上下擺動。這是哪門子的動作？感覺超可愛的耶。不過考慮到公主殿下的身分，不嫌太輕佻了嗎？

「哦～～？你學了滿稀奇的魔法耶。那個不是效率不太好嗎？」

事實就如琉迪所說。但是只要將技能等級提升到最高，就能有效降低轉換損耗，所以我想盡可能早點提高技能等級。

「雖然效率不好，但因為我的魔力量多到異常，屬於誤差的範圍啦。」

「嗯，說的也是。」

「我能得到練習機會，琉迪妳可以減輕魔力耗盡的疲憊感，對吧？怎麼樣？」

我這麼問，琉迪點了頭。

「好啊，那就麻煩你吧。」

琉迪轉身面對我，我則將手伸向她。然而她納悶地歪過頭。

「你這隻手是要幹嘛？」

「啊，抱歉。我目前不用手觸碰對象就無法送出魔力……況且妳也知道吧，我的體質。」

琉迪點點頭。

「對、對喔。」

說完，她把冰淇淋擺到桌上，用手帕擦過自己的手。隨後把手緩緩伸過來，觸碰我的手。

「用不著緊張喔。」

「我才沒有！」

明明剛剛才擦拭過，她的手已經些微汗濕。

「琉迪的手好暖和喔。」

「少胡說八道了，要就快一點啦，笨蛋。」

我不覺得自己在胡說八道啊。哎，就按照她說的，早早開始吧。

「嗯……好像來了………」

我捕捉到琉迪身上些許的魔力，朝著那方向一點一點送出魔力。

「怎麼樣？如果真的傳過去了，我想要慢慢提升流量……可以嗎？」

「嗯嗯，流進來的感覺很清楚。可以……加快一些……嗯……………………咦！」

我漸漸提升送出的魔力。但是流量開得越大，向外逸散的魔力也等比例增加。看來訓練還是不足。

「奇怪？怎麼了嗎？」

「嗯嗯！停、停一下！」

仔細一看，琉迪的臉頰有些泛紅。

「這、這個真的沒問題嗎？感覺很癢耶。」

「喔，應該是正常反應吧？剛才克拉利絲小姐也有點臉紅。」

對了，剛才我對克拉利絲小姐送出魔力時，她嘴裡喃喃說著「唔！我絕對不會屈服的……」等莫名其妙的話……那到底是怎麼回事？

哎，不管了。總之先把流量開大一點吧。

「嗚、嗚嗚～～啊啊啊啊啊啊嗯～～」

「喂、喂，不要發出怪聲啦。」

琉迪好像覺得難受，臉上卻掛著很舒服似的難以言喻的表情，而且整張臉都泛起紅潮，妖精族獨特的微尖耳朵更是一片通紅。

「這、這個，很危險啦～～快、快停下來……」

「啊，抱歉。因為技術不夠熟練，好像沒辦法突然降低流量……」

打個比方來說，就類似老舊的水龍頭，從全開到全關總是需要一點時間吧？光是轉動都很費工夫。

「笨、笨蛋～～～～！」

見琉迪渾身顫抖，我覺得這狀況實在不妙，但我終究只能徐徐減速。這時我突然想到，只要鬆開手就好了。但因為琉迪並非「輕握」我的手，而是「死抓」著，無法拉開距離。還不只這樣——

「呀！」

我想抽手卻無法，結果把她整個人拉向我。現在她的臉就在我的眼前，身體彼此緊貼。

此外，這瞬間我才發現贈予魔力時肌膚相觸的範圍越大，朝對方送出魔力的效率似乎就越高。

「啊嘎嘎嘎啊啊啊～～」

魔力自我的身體從肌膚相觸的部位奔騰般流出。琉迪發出好像古早的漫畫角色會發出的慘叫聲，渾身癱軟倒向我。

「啊咿……啊咿……啾、啾啾我……」

她那顯然不正常的急促呼吸吹在我臉上。額頭浮現汗珠，女性獨特的甜膩香氣參雜著汗水氣味一同刺激著我的大腦。而且不只氣味，自肌膚傳來的溫熱汗濕觸感、壓在我身上的體重、滑過白皙纖瘦頸項的汗珠，一切的一切都刺激著我。

這樣下去很不妙……

「琉、琉迪，妳還好嗎！總之先跟我分開！」

她正用若有所求的濕潤眼眸注視著我，還依戀地緊抓著我的手不放。老實說我也不想放開，但是這樣太危險了。在各方面都很危險。必須放開她。放開她吧。然而我不想放開她，更何況她也不放開我。

最後，琉迪撐起身子離開我是在魔力贈予結束又過了一小段時間之後。

我們隔了段距離坐著，先是整理凌亂的衣衫。琉迪流的汗多到一部分的髮絲沾黏在身上。她猛搧領口想通風。

我雖然沒有流太多汗，但是剛才被琉迪抓住的衣服已經發皺變形，可以想見她當時抓得多麼用力。

那麼，看琉迪的反應，我的魔力贈予類似性交………呃，算是成功了吧。現在的她充滿了魔力，氣色非常好。但是……

「…………」

「…………」

儘管身體狀況良好，現場氣氛卻實在算不上好，沉默相當凝重。

突然間她站起身，沒對我說半句話，轉身背對我走向房門。背後的衣物因為汗濕緊貼在背上。

我為了轉換心情，前往花邑家的魔法練習場。在那之後我練習魔法好一段時間，卻無法集中精神。

還是先停止練習，去沖個澡吧…………

而且最好是冷水澡。在剛才那事件發生到現在，身體依然悶燒般發燙，腦袋好像也熱到快要當機了，我想趁機好好冷靜下來。要不是現在在下雨，實在應該去讓瀑布沖打消除雜念。

我拿下披肩，大聲嘆息。雖然不如剛才的琉迪那麼誇張，但我似乎也流了不少汗。我抹去滑過額頭的汗水，前往浴室。就在我走進更衣間的瞬間，浴室的門開啟了。

溫熱潮濕的水氣迎面撲來。在霧一般的水蒸氣之中，站著一位尖耳朵直豎的金髮女性。那身材毋庸置疑就是琉迪。

「…………」

「…………」

寂靜。琉迪凝視著我，石化般一動也不動。

嘿嘿！只要用可愛的語氣這樣說再稍微吐吐舌，也許就能得到原諒吧？不，只是火上加油而已。

「…………」

「…………咿～～～～呀啊～～～～～～～～！」

真是不可思議的心情。該怎麼形容才貼切呢？也許該用局部性的全能感來描述吧？感覺自己身旁的時間流動全都放慢，但不知為何只有自己的思考飛快運轉。類似這樣的感覺。

啊啊，我清楚感覺到滾燙的血液正往腦袋和胯下集中。

她在尖叫聲中高舉起凝聚了魔力的手。她的魔法想必會直接轟中我吧。但是，既然命運已經註定，在昏倒之前我想先看見藏在這片霧氣背後的裸體。我打開了門使霧氣略為消散，還是只能看見臉和腳的一部分。

不行嗎？真的辦不到？看不見嗎？真的看不見？我無論如何都想看見。我在心中懇求。

請讓我看一眼。

我真心誠意的祈求也許上達天聽了，瀰漫眼前的水氣緩緩消散。不對，水氣並未消散。雖然沒有消散，但不知為何她的身軀輪廓隱約浮現。而且原本模糊不清的輪廓有如相機逐漸抓到焦距，越來越清晰地映入眼中。當琉迪的身影完全顯現在眼前，我不禁為之驚愕。

竟、竟然纏著浴巾……

我在心中咒罵那條浴巾。那條浴巾算什麼啊（疑問）？為何她綁著浴巾（憤怒）？為什麼這世界上有浴巾這種東西（瘋狂）？

在二次元中，我已經屢次拜見了那一絲不掛的裸身。令人扼腕之處是有些部位加上了情色界最令人唾棄的發明——「馬賽克」。

我想在三次元親眼目睹。就這麼單純而已。

為什麼看不見？我想看，我想看！

我一直盯著那條浴巾，這時突然發現，浴巾看起來不太對勁。

雖然理由不明，但浴巾的攔阻越來越稀薄。這…………有機會，看得見。在那豐滿胸部的前端…………！

「你是要看到什麼時候啦～～～～～～～～～～～～～！」

「咿咿！對、對不起～～～～～～～～～！」

緩緩逼近的光球命中我的頭部時，白光覆蓋了眼前一切。

沐浴在絕對零度的視線中，已經過了多久的時間呢？

她不敲門也不打招呼就進入我的房間，我連忙送上房內的椅子，她一語不發地坐在上頭。

在浴室的邂逅令琉迪怒火中燒，但我不只領悟了心眼，還見到了這顆行星上獨一無二的至高美景。

雖然我因此現在跪拜在地，雙膝和額頭緊貼著地面，但這也是應該的。我只是自作自受。

差不多夠了吧？我這麼想著稍微抬起頭，看向她的臉。琉迪一動也不動，只是瞇著眼盯著我，嘴唇緊抿為一直線，就像用強力膠黏住一樣從沒打開。兩條白皙長腿從那幾乎要春光外洩的裙底向前伸出，我拚命忍耐著用臉頰磨蹭的衝動，只管低頭。

突然間她站起身，手伸向我的臉。緊接著猛捏我的右臉頰，隨後又伸出另一隻手捏住我的左臉頰，使勁拉扯。

「啊歐，吱的啊歐。」（好痛，真的好痛）

琉迪大嘆一口氣，最後雙手向兩側全力拉扯，鬆開了手。我按著臉頰，看向雙手抱胸的琉迪。

「算了……要我原諒你也是可以，反正我也有圍著浴巾。」

她露出虛脫無力的笑容如此說道。真的很抱歉，其實我……

「喔喔，感謝您的大恩大德，琉迪大人！」

當然我不會說出口。

「可是、可是喔，要我原諒你有一個條件…………我希望你實現我的願望。」

她說完，視線從我臉上挪開。

「願望？」

願望是指什麼？是我能辦到的事嗎？如果要我當她的椅子，或是把她的腳舔乾淨，這種事要我做多少都沒問題。不過世上絕對沒有這種好事吧。

她有些心神不寧地環顧四周，每次與我四目相望便立刻挪開視線。她的長耳朵紅通通的。

「……那個，我希望你……負起責任。」

喔喔，責任喔？什麼嘛，責任啊。呵呵，責任嘛。

「……………………啥？」

稍等一下。責、責任指的是那個？該不會就是動漫作品中常見的那個？

「我自己這樣講也許很奇怪，但是你想嘛，我也算是身分高貴吧？有些模樣不能讓人家看見吧？」

喂喂喂，不、不會吧？「身分高貴」、「不能讓人看見的模樣」、「責任」，光是這些關鍵字就已經散發危險的氣息。

可、可是我這個對象真的好嗎？我心意已決的成人遊戲女角多達數十位，琉迪竟然對這樣的我告白。其實琉迪也名列那數十位名單當中啦。

「所以說……看你的表情，你應該已經會意了吧？體驗過一次之後，我已經不可自拔了。沒錯，我已經喜歡上了。可是我很難為情……對別人實在說不出口。如果可以，我每天都想品嚐。但是，萬一這件事傳進父親大人耳中，他應該會強硬阻止我。可是我的身體還是渴求不已。」

我露出認真的表情，正襟危坐。就擺出決定要用在重要場面的表情吧。

「瀧、瀧音幸助！」

琉迪似乎心意已決，抬起了剛才低下的臉，握住我的手。嘴唇顫抖，熾熱的氣息從中洩出。濕潤的雙眼彷彿下一瞬間就要決堤，水光在藍眼眸中閃閃發亮。

她開口卻欲言又止，無法吐露話語而咬住嘴唇，垂下頭。緊接著她像在唸誦咒文般呢喃自語，提振自己的勇氣，最後使勁抬起臉。飽滿如多汁果實的雙唇顫抖著，深深吸了一口氣。

「我、我，我想吃拉麵！」

……………………啥？

我的時間暫停了。

「真是了不起啊！居然這麼快就習得技能！究竟怎麼辦到的？」

水守學姊對我百般照顧，向她報告習得心眼技能可說理所當然吧，畢竟她之前那樣照顧我。但是……

我無法直視眼前與有榮焉似的欣喜萬分的水守學姊。問我是如何得到技能的？

因為我一心一意想看見美少女的裸體，就學成了。

……我有辦法說出口嗎？可以想見在我說出口的瞬間，神都不由得嫉妒的學姊的笑容將會轉變成連地獄惡鬼都害怕的面無表情。心底會忍不住對那反應萌生好奇心，恐怕是因為我有些M屬性吧。

「都是多虧學姊指點。」

為了不讓她從表情看穿真相，我立刻低下頭調整表情。

「呵呵，這樣啊。聽你這樣說，我也很開心。」

學姊如此說完，要我抬起臉。

「學園馬上就要開學了，學姊卻這樣為我費心，我真的非常感謝。要是有什麼需要請儘管告訴我。我只是一介晚輩，但只要能力所及，我都願意幫忙。」

我立刻隨口編造一連串話語。如何取得技能這方面的話題還是盡早轉移比較好。

我這麼說完，學姊淺笑道：

「不用介意，指導晚輩也是前輩的重要職責。況且你非常努力鍛鍊自己，我個人也想助你一臂之力。」

「沒有啦，我真的有那麼努力嗎……啊，對了，學姊已經做好新學期的準備了嗎？風紀會應該很忙吧？」

「哈哈，這用不著擔心。學生會也許會忙著準備開學，但風紀會只要在開學典禮當天擔任新生的嚮導。要是在學園中迷路，就找包含我在內的風紀會成員問路吧。」

作戰成功了。如此一來，她肯定完全不記得技能的事了吧。要是她繼續追根究柢，我說不定會承受不了罪惡感而拔腿逃走。

「到時候就拜託學姊了。聽說學園很大，其實我有些不安。」

「呵呵，那裡真的占地廣大，我剛入學的時候也曾迷路。聽說每年都會有一位新生因為迷路而遲到。」

在遊戲中，主角群使用轉移魔法陣在各教室間移動，可推知要步行移動肯定非常折騰人吧。次要女角中就有一人時常在學校迷路，說不定我也會像她一樣。如果學園內有GPS地圖之類的就好了。

「話說你已經準備好了？」

「那當然。話是這樣說，但我幾乎沒有東西要帶去。」

必要的教材會由學園統一發放，要自己帶去的頂多只有筆記用品和披肩。制服掛在衣架上隨時都可以換上，也已經燙得筆挺。

「今年啊……有不少事值得期待。」

學姊盯著我的臉，如此說道。

「我也是。」

劍、魔法、學園、迷宮、色情。這世界充滿了教男生與紳士淑女興奮不已的設定。除了期待還是期待。

「學姊，我很快就會變強並追上學姊。請先做好被我甩在後頭的心理準備喔。」

「呵呵，我可沒那麼容易讓你超前。」

我們放空眺望著瀑布。發出轟然巨響的瀑布與悠悠搖曳的水面反射逐漸攀升的太陽的光，好像不斷閃爍的鎂光燈。

「啊啊，對了……」

學姊突然想起似的一手握拳輕敲手掌。

「有什麼事嗎？」

「你可以告訴我究竟是怎麼領悟心眼技能的嗎？」

我站起身背對學姊，全力蹬地飛奔。

沒過多久，我就被學姊追上了。在我抵達城鎮時，學姊已經跑在我的身旁。

「我之前和琉迪約好要去吃拉麵，剛才突然想起這件事……！」

「那為何會讓你突然拔腿就跑？」

真是合理的疑問。

「那個，看了夕陽不會讓人突然想奔跑嗎？」

「沒這回事。而且現在還不到夕陽西沉的時候。」

事實誠如她所言。這下傷腦筋了。平常我隨口扯謊的能力高得連我自己都吃驚，今天卻無法施展自如。

「啊，對了。學姊要不要一起吃拉麵？我知道傳聞中很好吃的店喔。」

其實原本預定只會請琉迪，但是學姊這麼照顧我，就乾脆也請她吃一餐吧？哎，這些錢都是毬乃小姐給的零用錢就是了。

「我沒有理由拒絕……但你是不是想轉移話題？」

我無論如何都要把妳這個話題轉向別處。

「有嗎？我不記得剛才在聊什麼……呃？」

就在我想裝傻的時候。

響亮的地鳴聲響起。

四處傳來慘叫聲。建築物倒塌或爆炸之類的意外沒有發生。但是——

「這是什麼啊？」

腳底下漸漸浮現很粗的線條。那線條像是在畫弧般不斷延伸，最後延長到視線追不上的遠方。

「……簡直就像是魔法陣。」

學姊這句話讓我大吃一驚。

該不會是那個吧？我立刻衝了出去。

跑過困惑的城鎮居民身旁，前往魔法陣的中心部位。我越向前進就越確定有劇情事件發生了。但是——

「不對，太奇怪了！」

莫名其妙。這個事件……應該還不會發生才對。

邪神教喚醒迷宮的事件，為何會在這個當下發生？那應該要開學之後才會發生……況且現在就連遊戲劇情的開場都還沒到。

我回憶起事件的大略內容，倒抽一口氣，連忙環視四周。

「學姊！」

我看見跑向我的學姊，不禁鬆了口氣，在心中大喊得救了。學姊看見我突然跑開，似乎一直跟在我後面。

現在的邪神教事件是在學園開學後推動琉迪的故事才會發生的事件。邪神教不時前來騷擾琉迪，屢次遭到擊退之後最終失去耐性，使用了某種魔法引發事件。絕對不應該在這個時間點發生。

那麼為什麼這種例外事態發生了？

若要追究可能性……原因只會有一個。

「八成就是我的存在吧。」

劇情中，邪神教會花上一段時間對我方出手。原因是遊戲或特攝劇等作品中常見的理由——對我方的輕視。認定我方實力孱弱，沒必要動用太多戰力，所以只派出小嘍囉，結果小嘍囉反遭擊敗，成為促使主角群成長的契機。

「該不會是因為那時候讓一個人逃走了？」

花邑大飯店的那次事件造成這次事件發生？可能性很高吧。不過，追究原因這種事等一切結束再說，現在沒那閒工夫。

現在必須做的是掌握並理解狀況。

為了與琉迪取得聯絡，我立刻取出智慧型手機，點選琉迪的名字。但是沒有意義。安全起見，毬乃小姐將特殊的智慧型手機交給我們。她說過只要在這城鎮中，除非進入迷宮，否則一定能通話。「因為之前壞掉過，這回先做了相當程度的強化。」她將手機交給我的時候曾如此笑著說。大概不至於壞掉吧。然而琉迪的名字卻是離線狀態，換言之，她很可能置身於無法通訊的場所。

我立刻送出訊息，拜託毬乃小姐將琉迪的位置資訊告訴我。

「現在到底是怎麼了！」

「學姊，我們趕往魔法陣的中心吧。在那邊應該有事情發生了。」

話一說完，我便朝著魔法陣中心方向奔跑。

也許該說恰巧，又或者該說如我所料，魔法陣中心的位置很靠近我原本預定和琉迪碰頭的地點。

而且在那地點畫著幾個大小應該能站上數人的圓圈，淡藍色粒子在上頭飛舞。

不會錯，那就是迷宮的入口吧。迷宮出現在鎮上，而怪物從迷宮入口處湧現了。

定睛一看，已經有幾個人在附近戰鬥……咦？

「……等等，不會吧！」

我仔細看了在迷宮前面戰鬥的人影，不由得驚呼。

「正在連轟魔法的人不就是……莫妮卡．梅爾傑迪斯．馮．梅比烏斯學生會長嘛！身穿和服以扇子當武器戰鬥的是……式部大輔的姬宮紫苑學姊嗎！」

為何人稱學園最強集團的學園三會成員當中的這兩人會出現在這裡？難道她們在本次事件有登場的劇情嗎？

不，這並不重要。既然莫妮卡會長在這裡，我很確定自迷宮湧現的怪物只要交給她就不需擔心。這方面已經不用我插手。

「……瀧音你認識她們兩位？」

學姊帶著認真的表情看著我。我在心中暗叫不好，但為時已晚。一時說溜嘴了。不過我判斷這些事要說明也該等事件結束後。

「是啊，我知道她們是誰。但目前就先放一旁吧……」

我將視線轉向戰鬥中的兩人。也許該說是不幸中的大幸，雖然不知道她們為何出現於此，但是既然身為三強之一且實力為學園最強的莫妮卡學生會長在場，之後湧現的怪物交給她們處置即可。

更根本的問題在於，那種數量現在的我實在應付不來。

我用眼角餘光打量學姊，她正以認真的表情觀察戰況，彷彿下一刻就會衝上前去，拋下一句「瀧音你快點回家」就參與她們的戰鬥。

學姊肯定想保護鎮上居民不受自迷宮冒出的怪物所害吧。

但是我現在就想衝進迷宮。如果當下情況和遊戲事件的大綱相同——

琉迪應該就在迷宮裡頭。

「瀧音你馬上離開這裡……喂，這是什麼意圖？」

見學姊打算衝上前去，我抓住了她的手，緊接著對她低下頭。

「不好意思，現在可以請學姊相信我的戲言嗎？那個其實是迷宮，可以請學姊和我一起闖進那個迷宮嗎？」

「究竟……是怎麼回事？而且……那是迷宮？」

「我聯絡不上琉迪，用這個號稱除非進入迷宮否則一定能保持聯絡的手機也不行。這是毬乃小姐給的機器，照理說不會隨隨便便就壞掉。」

學姊的表情明顯轉為驚愕。緊接著我看了傳到手機的訊息，確定我的猜測沒錯。毬乃小姐已經得知這場騷動，也知道我現在的位置。

「學姊，這是毬乃小姐送來的訊息。」

『初實已經趕過去了。幸助你快點逃離那邊，回家。』

「毬乃小姐為什麼對我的疑問『琉迪現在人在哪裡』隻字不提？琉迪的手機最後回傳的位置座標，毬乃小姐應該知道。」

只要說到這邊，聰穎的學姊應該就懂了。

「可以這樣推測，幸助只要聽聞琉迪陷入危險，說不定會自己衝進去。」

就如毬乃小姐所想。只要琉迪身陷危機，我二話不說就會衝進去。而我已經有過前科，就是花邑大飯店那次事件。因此毬乃小姐不告訴我任何消息，只叫我快點逃走。很遺憾，這只有反效果。

學姊看著我，似乎仍有所迷惘。但是無論如何，我都想至少帶一名強者進入那個迷宮。

「我有很不好的預感。拜託學姊。」

我握緊學姊的手，直視她的雙眼。學姊先是吃驚，但表情逐漸轉為認真。

那眼神像是瞪視，又像在評定我這個人。正因如此，我為了回應那道視線，直直地回望美麗卻也嚇人的目光。

「……我知道了。那麼這邊就交給紫苑和莫妮卡會長，我們兩個去吧。」

最後是學姊折服了。怒氣消褪，變回平常正氣凜然卻又暗藏柔情的學姊。學姊仍舊是我最喜歡的那個學姊。

「反正就算我阻止你，你還是會一個人闖進迷宮吧？既然這樣，我陪你一起去還比較好。」

「真的很謝謝學姊。」

既然決定了，剩下就是實際闖進迷宮。拯救琉迪所需的最基本條件已經湊齊了，甚至可以說得到了最佳人選。

「只是，那個啊……」

學姊有些害臊地轉開臉龐。

「請問怎麼了嗎？」

「雖、雖然我並不反感，但是那個，是、是不是該放開我的手了？」

我將視線往下挪，發現我依然用雙手緊握著學姊的手。

「不、不好意思。」

我們經過單方面蹂躪怪物的莫妮卡會長兩人身旁，走向其中一個魔法陣。

眼前許多魔法陣除了其中一個，全都連接到內有大量怪物埋伏、人稱怪物屋的房間，但那些房間都不是這些怪物的根源。就算打倒牠們，暫時減少了向城鎮滿溢而出的怪物數量，只要不斷絕根源，怪物仍會不斷湧現。

為了斬草除根，必須衝進唯一正確的魔法陣。正確答案究竟是哪個，不知把魔探這個遊戲全破過幾輪的我瞭若指掌。

在我們開始轉移之前，莫妮卡會長她們似乎對學姊頗有微詞，但日後學姊應該能解決吧。現在問題在於這個迷宮。

這個迷宮「諸行無常之宅邸」的內部是一座破敗的西洋宅邸。

處處都積滿了灰塵，對牆壁吹口氣，粉塵應該就會瀰漫四周。天花板和牆壁的壁畫都有髒汙，有些地方嚴重破損。此外擺設在走道旁的花瓶原本應該是藝術品，現在卻龜裂到別說是基本用途，就連裝飾效果都蕩然無存。

而且我們剛才經過的通道上掛著的那幅油畫，上頭的爪痕顯然不是人類造成的。

「唔嗯，簡直像是魔物襲擊過後的迷宮。」

就如學姊所說。從迷宮名稱也能略見一二，設計概念大概就是遭到魔物襲擊後隨時間風化的宅邸吧。

「是岔路啊……往右邊走吧。」

我不讓學姊有機會插話，一選擇方向就小跑步前進。

若如遊戲設計，「諸行無常之宅邸」是座有些特殊的迷宮。喜歡ＲＰＧ的玩家大概從入口處就會這麼覺得了吧。

因為只要搞錯入口，除了遭遇敵人發生戰鬥外，走到迷宮最深處也沒有其他東西。

此外特殊的不只是入口處，樓層也是。一般來說，在遊戲中主角群會在十層到百層，有時甚至多達百層以上的迷宮中探險，但是這個迷宮只有一層。只是和其他迷宮相比，這一層樓稍微大了一些。

而最特殊的是，這座迷宮中沒有四處徘徊的小怪。

取而代之的是特定的房間中有怪物埋伏。因此只要不走錯路，就能避開所有戰鬥直抵終點，但是陷阱喚來的怪物或迷宮頭目例外。

為何迷宮頭目例外？理由是頭目本身四處徘徊。

以常見的遊戲設計來說，基本上是小怪在迷宮中徘徊，而頭目鎮守在迷宮最深處。

正因如此，我認為這個迷宮設定非常新穎有趣。由於出現的怪物陣容也固定，非常適合用來提升等級。

不過這並非遊戲初期就該來的迷宮。

見過莫妮卡學生會長她們的戰鬥場面，我已經理解了。出現在這裡的怪物，現在的我應付不來。一次只出現一隻的話也許還有辦法，但是要與複數敵人同時交手就另當別論了。如果我已經累積魔素（經驗值）並且強化自身也許還有可能，但現況的我雖然努力訓練中，但也僅只於此。

不過，幸好這座迷宮構造特殊，有辦法避開戰鬥。

「接下來是左邊。」

因為地圖和遊戲中相同，幾乎能避開所有戰鬥。然而一旦遭遇戰鬥，想必無法免於苦戰。而且萬一撞見頭目，現階段要獲勝，若非發生奇蹟否則困難至極。

正因如此，我希望有學姊陪同。玩家口中的三強名不虛傳。雖然現在的學姊還沒經歷覺醒事件，戰力也尚未完全成長，但實力依然堅強。就算撞見頭目也能獲勝吧。

話雖如此，我也無法就此放心，反倒是不安情緒越來越高漲。

「可惡，琉迪怎麼會……沒出現。」

若一切如同遊戲劇情，琉迪應該是遭到邪神教信徒不惜自滅的邪神召喚儀式波及。

哎，實際上他們施展的並非邪神召喚魔法，而是讓迷宮復活的魔法。那些傢伙不曉得那其實是使迷宮復活的魔法。

於是迷宮復活了，琉迪遭到波及而身陷迷宮之中。

她被捲進迷宮內部時的起始位置，會隨著她自己的成長程度與選項改變。我唯一能確定的就是，不管她被扔在哪個位置都不重要。一旦與怪物發生戰鬥，當下的琉迪很難勝過那些傢伙。

特別是她的能力不適合打迷宮頭目，肯定會戰敗吧。而且這裡的頭目是徘徊型，萬一她已經遭遇……？

「冷靜點，瀧音。」

「不好意思……」

儘管握有知識，置身有利的立場，但也因為知識而心生焦慮。

我們已經走過了琉迪可能轉移的第一個地點。然而此處地面上滿是塵埃，只留有我們兩個人的腳印。

可惡！

要是故事進度偏早，或是琉迪的成長度偏低，應該能在剛才那個地方提早發現她。按照現在琉迪的能力來想，她應該要在那裡才對。不，這個事件本身就不該發生。要是能像遊戲一樣切換到琉迪視角，我就能立刻掌握她的位置，趕到她身邊了。

「嘖！」

在第二個轉移點同樣沒發現琉迪。我不由得咂嘴。

「怎麼了，瀧音？」

「沒事，我們往左邊那條路走吧。」

不快點就糟了。對琉迪而言，確定敗北的條件就是遭遇在迷宮中徘徊的頭目，而且那傢伙跑得又快。

現況能贏過那傢伙的只有學姊，或是剛才在入口前方戰鬥的莫妮卡學生會長她們。但是莫妮卡學生會長不可能先與琉迪會合，那麼只能由我或學姊先和琉迪會合。

我瞥向後方。學姊沒多說什麼，仍然願意跟在我後頭。老實說，真的非常感謝。照理來說，在這種地方的經驗是學姊比我豐富，應該由學姊帶頭指揮，但學姊卻願意全權託付給我。

「到了這裡，還是找不到人嗎？」

我不由得深深嘆息。這下琉迪可能轉移的地點只剩下最後一個了。

「……瀧音，那個啊…………要不要稍微休息一下？既然來到這裡還是毫無行蹤，也有可能琉迪其實不在這個迷宮裡。」

學姊面露擔憂地看著我。我的表情大概真的很嚇人吧。

「學姊，不好意思。今天可以請學姊陪我任性到最後嗎？」

也許人根本不在這裡吧？其實我心裡也有一絲懷疑，隨著我們深入迷宮，這想法也越來越強烈。

不過我不打算停止前進。

「但是……」

在學姊要說些什麼之前，我更進一步說道：

「但是，萬一琉迪真的在這裡會怎麼樣？」

我閉起眼睛，心頭浮現戴著千金小姐的假面具卻又馬上露出馬腳的琉迪；順從好奇心逛著便利商店，買了懷舊零嘴就開心的琉迪；目睹餐桌上的璀璨夜景而目瞪口呆的琉迪；換上一身彆腳的變裝在街上晃蕩的琉迪；害羞地說想吃拉麵的琉迪。

如果那就此消殞，我也許會後悔到再也無法振作。

這種事我絕對無法接受。

我睜開眼睛，與表情認真的學姊四目相對。

「如果她不在，那也無所謂。」

那才是最讓人開心的結局吧？琉迪不在危險的地方。如果她真的不在這裡，我也不會後悔自己硬闖迷宮。因為——

「假設琉迪真的不在這裡，我們的行動全都是徒勞無功。這樣一來——」

我像是國外連續劇的演員，誇張地聳了聳肩，露出笑容。

「我還真笨啊，明明人不在還在那邊找——聊天時就多一個話題能用了，對吧？況且要是我們能阻止這裡的怪物繼續湧現，不就成了英雄嗎？」

只要這樣想就好了。

「她不在這裡比較好，我希望她別在這裡，希望她待在安全的地方，想要之後再和她談天說笑。但是萬一……萬一她現在正受到怪物襲擊呢？」

一想到這裡，除了前進，沒有其他選項。

「萬一她不在這裡……雖然對陪我這一趟的學姊很抱歉……但請陪我到最後……」

「別這麼說，不好意思。」

學姊對我低下頭。

「學、學姊？」

「說的沒錯啊……呵呵，哈哈哈。你還真的、真的是個了不起的傢伙。」

學姊為什麼會笑得這麼開心？

「不好意思耽擱了，我們走吧。」

她一拍我的背，我隨即點頭。

之後我們在迷宮內一路前進，然而依舊找不到琉迪的身影。她可能轉移的最後一個地點就在前方了。

我步入目標房間，目睹了無法置信的情景。

「不會吧，這不可能啊……為什麼……？」

我不由得呢喃。

「諸行無常之宅邸」的怪物會在地圖上固定的位置埋伏，其他地點應該都不會出現。例外只有陷阱召喚怪物出現，以及在宅邸中徘徊的頭目。

這裡是琉迪可能出現的起始位置之一，照理來說不會出現怪物。按照我的遊戲知識不應該發生。

但又是為什麼？為什麼會出現在這裡！

而且數量顯然不正常。這看起來像是誤觸了某些陷阱而叫出怪物……？

心中充滿了不好的預感。越是思考原因，精神就越是紊亂，全身開始發燙。

我再也無法忍受，再也無法按捺自己，朝著最前方的山羊怪物衝了過去。

山羊形怪物「巴風姆斯」還沒察覺我的存在。而巴風姆斯注意到我的時候已經太遲了。我旋轉一圈，順勢將併攏的第三隻手與第四隻手如鐵鎚般砸出去。

啪嘎一聲，響起螺旋狀羊角折斷的聲音。

克拉利絲小姐陪我反覆練習的招式。合併第三與第四兩隻手臂，再加上離心力，使破壞力大幅超越單純的毆打。但因為這招式同時動用了雙臂，自身破綻也會跟著變大。

「——！」

被轟飛的山羊發出高亢的慘叫聲，逐漸變為魔素。但我不能只顧著觀賞那副情景。聽見慘叫聲的狼形怪物「地獄獵犬」已經撲向我，我用第三隻手擋下，以第四隻手猛擊頭部。大概是威力太強了，地獄獵犬撞上地面又彈起，緊接著我用魔法強化的右腳把牠一腳踹飛。

「瀧、瀧音，你……這力量是怎麼回事……」

我一眼瞄向學姊，她雙眼圓睜看著我。也許是因為太過吃驚，她雙肩鬆弛垂下，感覺好像只要用力拍她的手，薙刀就會失手掉落。

平常我大概會更加自豪地向她炫耀，但現在沒空做這種事。我不理會逐漸轉變為魔素的怪物，逕自對學姊說：

「不好意思，這邊就拜託學姊了。」

這回我用第三隻手毆打一旁的蛇形怪物，也沒確定結果如何就衝了出去。

滿腦子只剩下不好的預感。實在沒辦法繼續在這浪費時間。化解了敵人對我的攻擊後，繼續向前衝。

「瀧、瀧音，你在做什麼，太危險了，快回來！」

雖然學姊的呼喊聲傳了過來，但我的情緒已經一片紊亂，感覺就快吐了，實在管不了那麼多。

眼前有隻猿猴般的怪物。那傢伙已經高舉起棍棒，看準時機往我身上敲過來。

「給我閃開————！」

配合對方的攻擊，我將魔力灌注於第三隻手後揮出。對方砸向我的棍棒根本算不上任何阻礙。

打扁猿猴之後，以迴旋踢踢飛礙事的身軀，用第三與第四隻手一一甩開撲向我的怪物，繼續向前推進。但不可思議的是，我越是向前進，對我的攻擊就越少。剛才我明明穿越了一大群怪物，居然沒有攻擊殺向我，究竟是怎麼回事？我原本預估面對複數敵人時戰況應該會更加艱辛。

「笨蛋！我不只是想救琉迪，也必須保護你啊！」

我聽見那聲音便轉過身，這下才明白原因。

水刃精準命中緊追在我身後的怪物。看來學姊似乎優先幫我解決了朝我殺過來的怪物。她大概一直在我後方為我支援吧。

真的非常謝謝妳，還有對不起。我已經找到線索。琉迪現在很可能正陷入危機，我無法置之不理。

沿著通道往前跑，預感便轉變為確信。

「不會錯，這裡有人來過。」

牆壁的灰塵異常剝落，積滿灰塵的地面也有腳印。我沿著痕跡前進，尋找琉迪的身影。胸口縮緊到好像快要炸開，一心只想馬上與她會合。

「可惡！為什麼腳印不只有一人份！」

不知道是什麼東西的腳印，地面上還參雜了圓形的腳印。在焦躁的驅策之下，心情焦慮萬分，但是雙腳難以配合，甚至慌到差點絆倒自己。

心裡明白非得全速趕到現場，但腦子想著自己一定要冷靜。

然而在我冷靜下來之前，我發現了她。

「琉迪————！」

一頭黑色的狼就在琉迪面前，身長大約一百五十公分。每當那頭狼呼吸，火焰就從狼嘴中冒出。

在那頭狼的前方，琉迪身上的衣物有被銳利物體劃破的痕跡，衣物下的肌膚自各個裂口裸露。

「給我閃開──！」

聽見我的聲音，地獄獵犬轉頭面對我。牠立刻張大了嘴，尖牙映入眼簾的瞬間，火焰自牠口中衝向我。

「幸助！」

我用預先舉起的第三隻手防禦，但因為沒有施加水屬性附魔，沒披肩覆蓋的部位傳來炙熱與痛楚。我立刻對披肩施加水屬性附魔，用披肩防禦地獄獵犬的火焰噴射，同時用第四隻手往牠的側腹猛擊。

我瞪著被揍飛之後一動也不動的地獄獵犬，抱住直奔向我的琉迪，舉起披肩雙臂當作盾牌保護她。但是地獄獵犬沒有再爬起來。

看來琉迪方才已經削弱了牠的體力。地獄獵犬全身上下都有割傷般的痕跡，渾身淌著血。

「幸助～～」

「太好了……真是太好了。」

我緊摟著琉迪，看向地獄獵犬。黑煙般的魔素自牠的身軀溢出，流入我們的身體。

之後地獄獵犬的屍體從牠平躺的位置消失，化為一顆魔石。

確定這一連串現象發生後，我轉頭面向琉迪。

她身上衣物有許多裂痕，白皙細緻的肌膚多出了好幾道割傷。原本美麗的金髮沾滿了塵土，變得凌亂。那慘狀像是飽受颱風摧殘。我抹去沾在她臉上的塵埃和髒汙後，摸了摸她的頭。

趕上了。

她還活著。聽見了她的聲音，感覺到她的溫度，她的呼吸吹在我的肌膚上。但我不能就這樣一直緊抱著她。

「琉迪，我們快回學姊那邊吧。」

「雪音學姊也來了？那為什麼只有你出現？」

啊！我不由得驚呼。

「呃，我們途中遇到怪物群……因為很擔心琉迪，該說是一時衝動吧，那個，我拋下學姊一個人衝過來了。」

「真是笨蛋耶，你在幹嘛啦。」

嘴上這麼說，但琉迪臉上沒有怒意，反而掛著笑容。

「這我也沒辦法嘛……因為…………」

「不過，我很開心。」

在我說完前，琉迪便打斷了我。我回以微笑後，立刻切換思路。

那麼，該開始思考接下來的行動了。我們最好立刻與學姊會合，逃出這座迷宮，或是讓迷宮停止運作，之後再一同分享活著的喜悅。方針大概是這樣。

不過狀況似乎不允許我這麼做。

我察覺那氣息，鬆手放開她。

「幸助……！」

琉迪也注意到了，表情凝重地瞪著昏暗走道的深處。

「嗯，我聽見了。」

行走時拖著重物般的沙沙聲傳來。這樓層會遇見的怪物基本上只有在房間待機的傢伙。況且都來到迷宮這麼深的地方了，幾乎沒有其他怪物存在。除了那傢伙。

不跟琉迪問清楚就無法確定，剛才對打的地獄獵犬是在何處遇到並引來這裡的？最有可能的應該是那個充滿怪物的房間吧。

我立刻提升灌注在披肩的魔力，擺出架式站到琉迪面前。

「琉迪，準備起跑喔。」

如果接下來現身的真的是那傢伙，我們兩個恐怕沒有勝算。如果有非常有利的條件，也許還有一點可能性。

拖行重物的聲音越來越清楚。

我們盡可能避免發出聲音，慢慢向後退。來到只差一點點就是通道的位置時，看見了那傢伙的臉。

那張臉非常大。不只大而且猙獰，額頭長著兩根粗壯的黑角。此外還將不知何種生物的頭蓋骨加工後戴在臉上，從隙縫間可窺見銳利的雙眼。

大概是使用了某些魔法。銳利的眼睛赤紅如血，每當牠的頭部有所動作，散發紅光的眼睛便會在空中畫出軌跡般的線條。

牠的肉體也無比魁梧。

身高大概遠超過兩公尺，壯碩身軀上長滿了會讓人誤以為是岩石的大塊肌肉。而那粗壯如樹幹的手臂拖著骨頭製成的巨大棍棒，棍棒本身就有成年男人那麼大吧，凡人之軀要是被轟中恐怕會全身骨折。

「拜託，未免也……太可怕了吧……」

喪氣話不禁脫口而出。

那傢伙發現了我們，發出急促的呼吸聲並瞪過來。隨後牠撐大了嘴。

「————————！」

咆哮聲轟然響徹迷宮。

「快跑！」

我立刻轉身，在通道上奔馳。

未免太不幸了。明明有機會不撞見那傢伙就救出琉迪，卻不幸遇到了。不，也許該說是不幸中的大幸吧。換個角度想，幸好能搶在琉迪獨自遭遇「無情巨魔」之前先與她會合。

這座迷宮的頭目「無情巨魔」是種特殊的怪物，基本上會在迷宮深處徘徊，一旦遭遇就會即刻進入頭目戰。在故事中盤必定會交手的那傢伙，對於實力只有劇情序章水準的我和琉迪而言，可說是絕不能與之衝突的對手。

我立刻衝過通道，通道連接的房間中有一個寶箱。琉迪的視線被寶箱吸引，讓她的腳步有所遲緩。我輕拍她的背。

「別管那個，快跑！」

獨自放在空曠房間中央，擺明就很可疑的寶箱其實是陷阱。如果隊伍中有能偵測陷阱的角色，就會明白那寶箱的危險性吧。但是在遊戲中，玩家遇見這類寶箱，二話不說就會開啟。然而現在那個寶箱一點也不重要，我也沒有心力在意。

「——————！」

咆哮聲從背後傳來。為什麼那傢伙身軀明明看起來那麼笨重，跑起來卻又那麼快？

運氣好也許能逃走吧？剛才我雖然這樣想，但看來是不可能了。

我打量身旁上氣不接下氣的琉迪。也許我還能繼續全力奔馳，但琉迪已經撐不住了。只能選擇迎戰。

我要琉迪停下腳步後，她喘到渾身顫動，全身上下猛烈出汗，不隔一段休息時間恐怕無法動彈。在這樣的狀態下，她抓著我的衣服，彷彿剛出生的小鹿，用顫抖不已的雙腳支撐著。

她使勁拉扯我的衣角，用快哭出來的表情看著我，擠出說話聲。

「別管我了，你快逃。」

妳在講什麼啊——我先是這樣想。

真受不了，簡直是笨蛋——隨後又這麼想。

琉迪一點也不懂。聽到自己喜歡的女角講這種話，只會萌生完全相反的感情。更何況，我打從一開始就知道琉迪在這裡，也知道自己可能會死，還是衝進了迷宮。

「我怎麼可能……把妳扔在這裡……！」

那句話讓我下定決心，絕對要兩個人都活下去。

我溫柔地鬆開她的手，緩緩轉頭面向前方，將巨魔放進視野中。一步又一步迎向前，同時逐漸增加注入披肩的魔力。

心中已經有所覺悟。感覺就好像變成了故事的主角，心中洋溢著無法解釋的興奮感，現在我好像無所不能。

巨魔已經來到這個房間，卻只是直瞪著我，並未發動攻擊。難道牠也懂得看場合行事？如果真是這樣，我真希望牠能體會我們的為難之處，立刻離開現場，但這種事恐怕不會發生吧。

我回瞪巨魔，牠便緩緩挪動雙腿，往我這邊前進。巨魔拖著那根偌大的棍棒，在不停的沙沙聲中朝我逼近。

緊接著，牠露出我畢生從未見過的怪物般的駭人表情，朝著我們衝過來。

若和那傢伙的身體相比，健美先生也形同骨瘦如柴；若和那傢伙的長相比較，鱷魚就和蜥蜴沒有差別；若和那傢伙的魄力相比，獅子也不過是隻小貓。

那就宛如土木工程車，區區動物之流無法與牠相提並論。這傢伙適當的比較對象應該是怪手、油罐車或壓路機之類。

我不禁乾笑，甚至有種在看搞笑動畫的感覺。

巨魔的每一步都伴隨著破碎聲。到底是從哪裡發出這種聲音的？要是有人說牠的身體是鋼鐵打造，我也會相信。

為了擋住超重量級的威力，我施展身體強化魔法，不斷增強注入披肩的魔力。

「────────！」

「唔喔喔喔喔喔喔啊啊啊啊啊啊啊！」

我在無意識間放聲吶喊。

見對方高舉起棍棒，我立刻將魔力注入披肩並展開。

眼前景物彷彿照相機的閃光燈連續開啟般不停閃爍。

我還以為自己的鼓膜被那聲音震破了，或者那衝擊力已經震碎我的身軀。回過神來，我正用雙臂拄著地面支撐身體。

「幸助！」

我聽見琉迪的喊叫聲。

「我沒事！」

幸好沒有失去意識。或者該說如果昏過去，我現在已經沒命了吧。巨魔已經在我眼前高舉棍棒揮落。

幸好我記得將披肩展開為三角形，順利往旁錯開棍棒的力道，棍棒猛然敲擊地面。見巨魔按著自己的手臂，我連忙拉開距離。

下一瞬間，來自我身後的風刃自身旁飛過，命中了巨魔。大概是琉迪的支援吧。

「中了！」我聽見琉迪欣喜地叫道，但我心中完全沒有萌生同樣的情緒。

確實巨魔身上出現了一道割傷，傷口也淌著血，但我記得在魔法★探險家中登場的無情巨魔……

「————————！」

巨魔嘶吼。

那聲音讓四周震動不止，有東西從身旁飛快掠過。那並非實際存在的物體，而是殺氣、霸氣或魔力之類的東西吧。我按捺著幾乎要顫抖的身體，增強注入披肩的魔力。

巨魔的全身隨著急促的呼吸顫動，視線直瞪著琉迪，身上那道傷口也快速癒合。

我看不見琉迪的表情，但想必非常絕望吧。我想立刻趕到她身旁，為她加油打氣。但是在這大塊頭朝著琉迪衝刺的瞬間，我必須賭上性命上前攔阻，因此無法挪開視線。

不到數秒鐘，巨魔的傷勢已經復原到完全找不到傷口。

非常遺憾，魔法★探險家中的巨魔擁有恢復能力。看在經歷過許多ＲＰＧ遊戲的我眼中，實在很想吐槽：一般有恢復能力的應該是食人妖吧？不過現在暫且不談。

總之，這傢伙在設定上會使用魔力恢復傷勢並強化肉體。琉迪的攻擊手段無法突破自動恢復的速度，因此再怎麼打也沒有勝算。那麼，面對這種對手我們還有什麼手段？

巨魔想朝琉迪衝刺時，我用第三隻手猛力毆打牠的腹部。

看來我的攻擊似乎也能對巨魔造成傷害。牠身軀稍微後仰，感到痛楚般按著腹部，但反過來說，我的攻擊也只有這種效果。

這傢伙馬上就會恢復，而我必須想辦法阻止牠恢復。

「哇！好險！」

棍棒像是要報復般捶向我，我將披肩展開為橢圓形以偏轉力道。幸好我受到毬乃小姐指點後，事先練習了各種形狀的變形。這傢伙的攻擊絕不能用平面抵擋，只會被超常的力量轟飛而已。

我徹頭徹尾專心防禦，琉迪不時射出風刃割傷巨魔。但我也不知道這種狀態能維持到何時。

不想辦法扭轉局勢的話，會因為耐力差距而敗北。這點我已經察覺了。但是到底該怎麼突破現況？

如果學姊在場，情勢就會完全不同吧。憑學姊的實力應該能使出超越巨魔恢復速度的攻擊，而且力氣說不定更在那肌肉怪物般的巨魔之上。

但是學姊能馬上趕到嗎？

在她趕到之前有辦法維持這狀況嗎？

不，不可能。那麼該怎麼辦才好？

「糟了！……唔～～」

雖然化解了棍棒攻擊，但緊接而來的踢擊，我來不及用披風招架。

連忙舉起右臂擋住，但傳來的劇痛簡直像手臂斷掉了。這是我的失誤。

這類假動作，我明明早就從學姊和克拉利絲小姐那邊體驗過好幾次了吧？

「幸助！」

「千萬不要過來！」

我對身上衣物也灌注了魔力，或多或少提升了防禦性能，但琉迪可就不一樣了。身體想必會有如保麗龍般被貫穿，或者像全壘打那樣被轟飛吧。絕對不能讓她直接面對巨魔。

巨魔逼近我，棍棒再度從頭頂轟過來。我以展開為橢圓狀的披肩引導力道錯開，讓棍棒敲擊地面。破裂聲響起的同時，地面凹陷。

我立刻離開攻擊範圍，瞪向巨魔。巨魔表情扭曲，卻直盯著我瞧，讓我感到僅僅一絲的納悶。

為什麼牠不立刻攻過來？

異樣的空檔出現在我化解攻擊，牠的力量順勢轟擊地面跟牆壁後。

緊接著我注意到牠按著手臂的模樣，突然明白了。這些傢伙超乎常識的力量，大概是因為解除了大腦對肉體的限制。

恐怕是不惜傷害自己的身體，對我發動攻擊吧？

巨魔的攻擊大概等同於雙面刃，為了傷敵不惜自損，正因如此才能發揮這麼誇張的蠻力。但是仔細一想，這戰術十分合理。反正傷勢馬上就會復原，根本用不著在乎對自己的傷害。

「————！」

巨魔發出嘶吼聲的同時橫揮棍棒。我立刻配合巨魔的攻擊讓披肩變形，基本上選擇橢圓。絕對不能硬接，只能偏轉力道。

如果能累積魔素（經驗值），強化自身的能力，區區巨魔的攻擊一定可以輕易接下吧。但我還是個初次挑戰迷宮的新手。

該怎麼辦？當然只能化解攻擊。然而就算出手反擊也沒有意義。

琉迪的攻擊不時命中，但對方根本不當一回事。令人傷心的是，我的攻擊也同樣。

「琉迪，算我求妳，妳快逃啊！」

琉迪從剛才就一直在我後方施展魔法，現在依然持續攻擊，完全沒有打算逃走。

「我不要！我怎麼可以把你丟在這裡！」

老實說，我希望她現在就立刻逃離這裡。萬一我輸了，接下來就是琉迪遭殃。但是琉迪在這種狀況下不會選擇逃走。認識的人正為了自己賭命戰鬥，自己當然不能逃走。換作是我站在她的立場也會這麼做，況且她本來就是這樣的女性。

我喜歡這樣的琉迪，包含這種個性。

既然如此，若要守護她就得設法勝過眼前的巨魔。我們的勝利條件大概就是打倒巨魔、水守學姊抵達、逃離巨魔並離開迷宮這幾種吧？

不過就算想逃走，巨魔腳程很快。我們也許能移動一段距離，但終究無法甩開。打倒巨魔這條路則是太過困難。

身上攜帶的物品都派不上用場……就連嚇阻效果都沒有。那麼這個地點呢？來到這裡的路上有哪些東西？

來到這裡的路上……？我突然想到。對了，如果是那個地方……

「琉迪！」

「幹嘛啦！」

「不管發生什麼事妳都不要管，只管往裡面、往剛才那個房間跑。」
「我怎麼能夠把你一個人留在這裡！」
「我也會馬上追上去。我想到好辦法了！」
反過來利用就行了，而且甚至能讓我占上風的手段。
「……我知道了！你快點來喔！」
大概是停止詠唱了，我聽見琉迪的奔跑聲而稍微放心。隨後我用披肩化解巨魔的橫掃攻擊，全力蹬地。
「唔喔喔喔喔喔喔喔喔喔喔喔喔喔喔喔喔喔喔！」
之後我扯開嗓門吶喊，並且擺出攻擊姿勢準備攻擊巨魔……但我只是做做樣子，立刻轉身背對牠逃走。
巨魔愣了半晌。看到我突然大吼又高舉起手臂，大概以為我會攻擊吧，結果卻是背對牠逃跑。
當然我是為了出其不意才使出這招，但爭取到的時間非常短暫。巨魔立刻就回過神，朝著我狂奔。
「你還真的是工程車喔！」
為什麼會傳來破碎聲？難道這裡在做下水道工程嗎？

我短暫轉頭向後，發現地獄妖魔正擺著凶神惡煞的表情直衝而來。也許我不該回頭偷看的。

我立刻回到前一個房間，對琉迪大喊，要她繼續往更前方逃。

「我一啟動這裡的陷阱就過去。妳到前面的房間等我！」

琉迪說「知道了」便立刻離去，我對著她的背影呢喃：「抱歉。」

我的逃亡就到此為止。雖然對琉迪不好意思，但接下來就由我一個人戰鬥。琉迪就各種意義來說都不可以在場。

「哈哈，真沒想到會因為這種理由用上這玩意兒。」

這房內擺著一個寶箱。除了房間中央的寶箱之外，空無一物，只是通道與通道之間的普通房間。但房間中央有個豪華的寶箱。

我把一隻腳擱在寶箱上，巨魔朝著我直奔而來。好啦，該對牠露出囂張的笑容了。

大概是因為我的反應判若兩人，讓牠起了疑心。巨魔停下腳步觀察我的動靜。

「……我說巨魔啊，你知道嗎？ＲＰＧ型的成人遊戲中，大概有九成九的機率會出現這種爛透的陷阱。讓你見識一下吧，這就是所謂的——」

說到這裡，我全力踢飛寶箱。

「色情陷阱。」

身體彷彿飄在半空中的感覺與匡噹聲響同時傳來。

我和巨魔腳下的地面裂成兩半，我們直往下方墜落。

巨魔雖然反射性想逃離，但是根本無處可逃。這是當然的嘛。這原本是能讓隊伍全員五人都掉進去的陷阱，巨魔已經靠這麼近了，當然不可能逃離。

我考慮到衝擊力，事先強化了身體，但是那力道並未傳來。

我墜落在果凍狀的物體上。我立刻就理解那是什麼，自那傢伙身上跳下來。此外四周飄盪著黑霧般的氣體，每次觸碰就會讓魔力快速流失。我瞥了巨魔一眼。

巨魔似乎陷入了混亂，無法理解包圍著自己的是什麼東西，只是狂亂地揮棒打飛四周的史萊姆。看著全身濕濕黏黏的巨魔，我在心中大嘆一口氣。

太好了。看來這個色情陷阱一如遊戲設計。

在遊戲中這是會引發色情事件的色情陷阱。

在打開寶箱的同時，腳底下就會出現陷阱坑，害全隊摔進吸取魔力的房間。然後在魔力流失而使不上力的狀態下，被紳士稱為「發情史萊姆」的濕黏怪物包圍而慾火焚身——陷阱的內容大致如此。發情史萊姆對男性不起效用，這不值得惋惜就是了。

我們這些紳士淑女儘管明知寶箱是陷阱，儘管隊伍的女角會說「不覺得這個很可疑嗎？」這種合情合理的話，還是完全不予理會，故意打開寶箱。當然就算持有感知陷阱技能的女角警告「不可以打開」也照樣不管。這是當然的吧。

於是紳士們便能目睹她們溼答答滑溜溜的美豔模樣，身體不由得擺出前傾姿勢。不只是這樣，甚至還能享受一部分的女角怒罵：「為什麼要打開啦！笨蛋！」明知如此，哪有避開陷阱的道理。

「哈哈哈。不過為什麼是我們掉下來啊？」

掉進陷阱的是男人和男巨魔。這幅景緻實在糟透了。如果對方是美女該有多好。對象竟然是巨魔，反而只有恐懼。

儘管如此，我止不住自心底深處湧現的笑意。

「來吧，巨魔。」

現在的我若有壓倒性勝過巨魔的要素，那究竟會是什麼？肌肉？速度？體力？恢復力？

不對，是魔力量。

巨魔的力量源自魔力。無論是強化身體，或是捨身戰術、再生能力全都源自魔力。牠光是恢復就要消耗魔力了，置身於這個吸取魔力的房間會有什麼下場？有沒有設想過自己的強大能力反而變成缺點？

我用第三隻手抓起附近的史萊姆，高高舉起。

「是你的魔力先耗盡？還是我的魔力先用完而力竭？我們就來比拚耐力吧……！」

你以為你有勝算嗎？

在魔法★探險家中，瀧音是夥伴角色裡面唯一不需藉由灌藥強化就能讓魔力量封頂的角色。而且我每天都為了提升魔力量而鍛鍊自己。你以為能勝過我壓倒性的魔力量嗎！來吧，接下來是我的回合了。

「————！」

不曉得巨魔是否知道我的心情，牠在該處高聲咆哮，充滿血絲的雙眼直瞪著我。大概是在墜落時受了傷，自嘴角流淌的唾液中混雜著血色。但是那馬上就止住了。

傷勢恢復了。

巨魔氣喘吁吁，每次呼吸全身都隨之起伏，同時一步又一步朝我靠近。

巨魔也已經發現了——牠的勝利條件是打倒我並且逃出這個地方。反過來說，那就是我的敗北條件。

在魔力方面確實是我占優勢，那就在自己的魔力耗盡之前先打倒我。若彼此立場交換，我也會這麼做。

落。

「————！」

巨魔再度放聲嘶吼，周遭事物隨之微微震動。張開的口中露出尖牙，唾液自嘴角滴落。

巨魔原本只是氣喘吁吁地瞪著我，不久便踢飛地上的史萊姆，向我衝了過來。

我朝著直奔而來的巨魔投出史萊姆。巨魔不知道史萊姆的特性，顯露過剩的反應。但是那傢伙只是害女性發情的變態，對男性沒有任何效果。

我看準牠以棍棒對史萊姆轟出全壘打的破綻，對牠毫無防備的腹部擊出第四隻手。緊接著又用右手抓起旁邊的史萊姆，全力砸向巨魔的臉。

「————！」

被史萊姆砸臉的巨魔頓時暴怒，全力亂揮手中的棍棒，打飛了史萊姆。飛向牆面的史萊姆發出啪滋聲響，大概是被砸爛了。雖然我有點好奇那會變成什麼模樣，但現在就連一瞬間都不能移開視線。

現在能挪開視線的傢伙，只有實力高強的強者，或是想死的傢伙。

棍棒在呼嘯聲中揮向我。那呼嘯聲與其說是劃破空氣，排開空氣更為貼切。

我立刻以變形為橢圓的第三隻手偏轉力道。於是棍棒敲中地面，巨魔發出慘叫。緊接著我用第四隻手抓起一旁的史萊姆，朝著巨魔扔過去。

也許巨魔的力量真的非常強大。

但是和學姊那看也看不見的全力或是克拉利絲小姐的全力，簡直無法相提並論。

之後我得好好向克拉利絲小姐道謝。如果沒有她每天與我練習對打，我大概已經輸了吧。

我化解了前踢，同時仔細觀察巨魔的動作。現在該做的就是集中精神。集中。一定要集中。我的魔力量比這傢伙還多，只要在巨魔的魔力耗盡之前別被牠逮到，勝利就屬於我。正因如此，我要集中精神閃躲。

當我不斷躲過巨魔的攻擊，我漸漸感覺到巨魔的動作開始變慢了。不，那不只是感覺，是真的變慢了。儘管巨魔的動作變得遲緩如慢動作，我的思考卻不斷加速。

這種感覺就像是在巨魔每一次動作的過程間，我能思考兩件事並行動兩次。這種狀況似乎之前也有過，就是在習得心眼的當下——我已經遊刃有餘到能分神回憶過去。

現在巨魔的動作在我眼中已經和毛毛蟲沒兩樣。不只渾身都是破綻，每次攻擊都會傷害自己，最重要的是非常緩慢。

這時我發現了。巨魔的攻擊越來越弱，恢復力已經追不上牠對自身的傷害。

在這之後牠又持續攻擊了多久？感覺像是一瞬間，又好像是數十分鐘。

不知不覺間，方才有如恐懼化身的巨魔已不復存在。魔力大概幾乎耗竭了吧。呼吸急促且渾身是傷，卻又無法恢復，隨時都可能倒地斃命。

巨魔高舉拳頭。我也將魔力凝聚於第三隻手，向前踏出一步。

不知為何越是集中精神，對方好像就變得越遲緩。這種現象到底是怎麼回事？以前在地球時從來沒有這種感覺。難道瀧音身上有某些祕密？但是遊戲中的瀧音就只是個功能偏門的魔力怪物。

我已經不再害怕巨魔的拳頭。見到拳頭緩緩逼近，我好整以暇地架開。緊接著利用那力道旋轉全身，順勢加速揮出第三隻手，擊中牠滿是破綻的頭部。

巨魔的身軀剎那間猛然一顫，不再動彈，隨後龐大身軀緩緩倒下。儘管巨魔在巨響聲中倒地，但因為先前這傢伙屢次重新站起來，我靠近牠時依舊維持著戒心。直到目睹巨魔開始轉變為魔素與魔石的瞬間，我才放鬆緊繃的雙肩。

我回收魔石後，回到臉色蒼白癱坐在地的琉迪身旁，她有如子彈般撲向我。雖然那不錯的彈性壓在我的腹部，但我對琉迪當然無法說什麼。

「笨蛋，為什麼一個人逞強！」

不知為何琉迪的怒罵聲十分悅耳。大概是因為我還活著吧。

我輕撫她的頭。她的頭髮有些髒了，但輕盈柔順的觸感還是遠勝於我。我將琉迪的頭抱進懷裡，用鼻子猛吸一口氣，有如熟透蜜桃的甜膩氣味便鑽進腦袋。

緊接著我用另一隻手緊緊摟住琉迪的身體。她的身軀非常纖瘦，柔軟又溫暖。這時那股實際感受終於湧現心頭，喜悅盈滿了我的全身。

我真的保護了她。

咒罵聲依然不斷從她口中冒出——「笨蛋」、「騙子」、「女性公敵」、「變態」等有損皇族品格的字眼。但是她的手臂緊緊圈著我的身體，都沒有放鬆。聽著她的咒罵聲，我的心靈感到越來越充實。

當然那絕不是因為她的責備令我渾身酥麻而心滿意足，是因為這些話語純粹發自她對我的擔心。

「幸助，你到底在幹嘛啦〜〜」

琉迪的說話聲顫抖著。雖然語氣一開始還正常，但每說一句話，聲音就越來越哽咽，現在這句話好像都加上了鼻音，我已經聽不懂她在說什麼。

她把我罵得狗血淋頭，好半晌後終於不再說話。她將頭和身體緊緊壓在我身上，一次又一次吸著鼻子。

「琉迪……妳沒事……真是太好了。」

我這麼說完，她更使勁把臉貼在我的胸口，圈著我的雙臂也更加用力。我像是要回應她的舉動，也稍微抱緊了她。

就這麼過了一小段時間，她只把臉從我身上移開，抬起有些紅腫的眼眸看向我。

「欸，幸助。」

「怎麼了？」

「謝謝你。」

我覺得賭上性命都有了價值。

在那之後過了十分鐘左右，我們與學姊會合了。她一見到琉迪嚎啕大哭後的臉龐，轉過頭來看向我的瞬間，那魄力實在令人畢生難忘。琉迪立刻解釋那是她誤會後，學姊先是對我誠心道歉，接著大肆誇獎我一番，但最後還是不忘教訓我。

「為什麼把我扔在後頭！」

關於這一點實在無從辯解。

「真的非常抱歉。」

只能道歉了。剛才明明還被誇獎，這落差也太誇張。我道歉後，學姊哈哈大笑。

「不過琉迪還真讓人羨慕，有個人願意賭上性命來救。」

話雖如此，學姊似乎有個重大的誤會。

「沒這回事，萬一學姊和琉迪的立場對調，我同樣會衝進迷宮，琉迪八成也會跟我一起來吧？」

我向琉迪尋求同意，看向琉迪的臉。她微微點頭。

學姊像是感到欣喜又像是害羞，說著「這樣啊」並伸手把我和琉迪拉到她身旁。我的頭就靠在學姊的肩頭。因為學姊綁著馬尾，白皙的後頸就在我眼前，令我不由得心驚不已，同時品味著與琉迪不同的學姊氣味。

「你們兩個沒事，真是太好了。」

「……抱歉讓學姊擔心了。」

「哎，算了，我也說過頭了。畢竟剛才讓我那麼擔心，之後要找機會補償我喔。」

這個嘛……

「那是當然的嘛。」

「真的非常謝謝學姊。」

接下來，也不能像這樣任憑學姊一直緊抱著我。我當然想繼續將視覺、聽覺、嗅覺、觸覺的敏感度開到最高以品味學姊的一切，但也不能繼續下去。

雖然要與學姊分開令人不捨，我仍逼迫自己切換意識，拉開距離。這個迷宮還在運作中。

「那麼，老實說我想設法解決這個迷宮，但我不知道該怎麼做。雖然遺憾，不過救援琉迪這個第一目標也達成了，我們就先逃脫吧。」

當然我也知道學姊會這樣講。我用第三隻手制止了正要邁開步伐的學姊。

「請稍等一下。其實……我知道那個方法。」

哎，知道是知道，但其實有很多困難就是了。

「你為什麼知道啊？」

琉迪歪著頭這麼問道。

我一瞬間不知如何回答，但立刻隨口胡扯「之前我在花邑家的文獻看過」當作理由，不可思議的是學姊和琉迪馬上就信以為真。當然我不可能在花邑家讀過，不過除了文獻其實是成人遊戲之外，幾乎全都是事實。

學姊有可能並非全盤接受我的說明，只是故意不過問。不，絕不只是有可能，鐵定是這樣沒錯。站在學姊的立場來看，我在迷宮內的表現實在太異常了。

儘管對說謊感到些許罪惡感，我們為了終止迷宮運作，繼續深入迷宮。

但是……

「怎麼了？表情有點凝重。」

「沒有啦，那個……其實要讓迷宮停止運作，雖然簡單但也困難……」

「這不是矛盾了嗎？」

嘴上說說當然比實際行動簡單……不，就連說出口都有困難吧。這迷宮中還藏有驚人的祕密，但我實在說不出口。

終點已經在不遠處。因為琉迪被轉移到相當深的位置，從打倒巨魔的位置算起根本花不上十分鐘。不過主要還是因為我一路上選擇正確的最短路徑。

「到了，就是這裡。」

雖然已經打倒身為迷宮頭目的巨魔，但迷宮本身仍在正常運作。這個當下怪物應該還是自迷宮入口源源不絕湧向鎮上。為了阻止怪物出現，必須截斷這個迷宮的能量供給源頭。

我們最後抵達一條死路。死路盡頭處的牆面上畫著魔法陣，魔法陣中心埋著一顆像是打磨過的黑曜石的巨大魔石。

仔細觀察可得知那黑曜石般的魔石似乎正將魔力輸向魔法陣，此外魔石中心有個用來插入某物般的孔洞。

在黑曜石的魔石與魔法陣前方，有個寶箱般的箱子、不知用來設置什麼的台座，以及看似長柄鑰匙的棒子。那根棒子上頭也畫著幾何圖形。

雖然有許多道具教人在意，但我二話不說走向寶箱。打開寶箱後我深深嘆息，隨後閉上眼睛仰頭朝上，再度嘆息。

裝在裡頭的東西一如預料。

「該怎麼辦……」

既然都來到這裡了，只能請她們多多擔待。

箱子裝著三套性感泳裝以及一張紙片。紙上寫的文字我看不懂，但是我知道上面寫的內容。如果隊伍中沒有「ＭＳＫ73」或「耶羅科學家」等能理解古代語言的成員，就必須先回到鎮上翻譯文字後再度闖進迷宮。這次雖然沒有人能解讀，但因為我已經明白內容，沒有任何問題。

不，問題可大了。

這遊戲的製作群腦袋裡都裝了什麼啊？我敢說裡頭一定長蟲了。

……言歸正傳，為了停止這座迷宮的功能，必須關閉迷宮中負責補充能量的這座能量爐。

邪神教的傢伙們把「啟動這座能量爐的魔法」誤以為是「把人當作活祭品獻給邪神的召喚魔法」。

他們大概是想把琉迪獻給邪神當作活祭品，但實際上卻是犧牲了自己，使得這座迷宮活性化而已。

在遊戲中這些場面都會伴隨著事件ＣＧ展現在玩家眼前……現在恐怕只有對琉迪詢問詳情才能得知正確情況，不過我想這次狀況大致上應相同。

那麼，只要阻斷這顆黑曜石般的魔石供給的能量，這座迷宮的機能就會停止運作，然而在遊戲版不管怎麼努力，都無法破壞牆壁的魔石或文字。這次大概也相同吧。唉，與其用蠻力破壞讓能量爐失控，一開始就用這根長棒使之停止運作比較好。

但這玩意兒同樣棘手。棘手之處在於關閉這座能量爐的方法。

追根究柢來說，RPG系的成人遊戲在打倒強大頭目之後，肯定會有些事件。那會是什麼呢？不只是諸位紳士淑女（成人遊戲玩家），就連成人遊戲的新手也能輕易回答吧。

那就是獎賞。

魔法★探險家也不例外。在這次的迷宮中，關閉這顆魔石與魔法陣構成的能量爐這件事，就是讓玩家取得色情CG的遊戲事件。

包含我在內的諸位紳士淑女都對能量爐的設定讚嘆不已、拍案叫絕，懷著敬意與愛情稱之為「情色爐」。寫作工爐，唸作情色（Ero）爐。

我將裝在寶箱中的那張紙拿給學姊與琉迪看。老實說，我認為這驚人的設定堪稱成人遊戲史上的里程碑。讓我體悟到日後肯定會有第二、第三座情色爐接連誕生，就是如此劃時代的設定。

真的太厲害了，害我現在有種想吐的感覺。開什麼玩笑。

「我看不懂……」

「沒關係，我懂。我雖然懂……」

我含糊其辭。學姊與琉迪納悶地盯著我瞧。

「究竟是怎麼回事？」

不，事到如今只能講清楚了。要關閉魔法陣，就必須用上那個。我們都來到這裡了，做好覺悟吧。

「那、那個喔，要關閉這座能量爐，只要把這根棒子插進那邊的洞就好……！」

「那就插進去啊。」

「不是啦，那個，若要關閉能量爐，需要對那個棒子注入特殊的魔力才行。」

「特殊的魔力？」

若想關閉情色爐，就必須將循環著特殊魔力的棒子插進那個魔法陣中央處黑曜石的洞裡，但現在這根棒子尚未注入魔力。如果棒子已經充滿魔力，應該會散發白光才對，然而目前只是一根棒子。

「對，特殊的魔力只要把棒子擺在那個台座上，經過某個步驟就能注入……」

「那就快做啊。」

呃，話是這樣說沒錯。

「瀧音，所謂的步驟是指什麼？」

「那、那個，設置了棒子之後會浮現魔力螢幕，螢幕上會顯示人形輪廓。」

學姊觀察設置用的台座，呢喃：「確實有奇妙的魔法陣。」手指沿著魔法陣的線條滑動。

「然後啊，只要擺出和那個輪廓同樣的姿勢，那個台座的魔法陣就會將特殊魔力注入棒子。步驟大概是這樣。」

「這樣就能補充魔力？真是不可思議的方法。」

那個，這裡是成人遊戲的迷宮，當然不會這麼簡單就收場。但是我現在就直接講明真的好嗎？還是乾脆什麼也不說，要她們直接上陣？

我辦不到！

當然辦不到。這次的情況，要我繼續保持沉默，我的心靈實在無法承受！況且一旦開始了馬上就會穿幫，甚至還有其他更討厭的條件。沒有瞞著她們的這個選項。

「到底是怎樣啦？快點說啊。」

背脊發涼。明明背上冷汗狂流，口中卻很乾渴。

但是，我非說不可。下定決心開口：

「那個啊，會出現的輪廓…………………應、應該是性感的姿勢！」

學姊和琉迪的臉頰很明顯在瞬間變得通紅。

「啥、啥啊～～～～～～～～～！」

「而且，一定要穿上裝在那個寶箱裡的泳、泳裝再擺出姿勢才可以！」

「什、什麼跟什麼嘛。白痴喔！性、性感的姿勢？而、而且為什麼寶箱裡面會裝著泳裝啊！」

您說的真是太有道理了！但畢竟是成人遊戲，這也是沒辦法的事吧！能用的服裝就擺在附近的寶箱裡也是必然的啊！

「等等，這防禦力無法小覷……」

不知何時已經移動的學姊用拇指和食指捏起了黑色泳裝，這麼說的同時整張臉紅到耳根子。

我真想拋開一切大喊：這不是廢話嗎！

在這個魔法★探險家的世界中，一部分角色的最強防具外觀無異於情趣內衣喔！外觀和防禦力當然沒有直接相關。而且某國民級遊戲中也有防禦力超高的泳裝，角色外觀根本是比基尼裝甲！

我立刻跪坐在地，使勁磕頭。幾乎要做出三點倒立般用力將額頭敲在地上。

「除此之外別無他法了！這不是我的錯！」

講蠢話也要有點分寸——她們一定會這樣想吧。很遺憾的是，蠢事之後還會接踵而來。構思這種設定的寫手和製作人真的是神經接錯線。

「開玩笑也不要太過分了！」

琉迪從我身旁一把奪走棒子，插向牆面上的黑曜石。但是沒有傳來任何反應。

「這根棒子該不會有問題吧！」

不只這根棒子，這個世界的設定本身就大有問題啊。況且成人遊戲本來就沒在講道理的。

「那個，如果真的和文獻記載的一樣，只要擺出性感姿勢，魔力應該馬上就會注滿。可以的話，兩個人一起會比一個人更快結束。這真的不是我的錯！」

「要、要穿這種泳裝……」

學姊用指頭捏起性感泳裝，渾身顫抖著呢喃。

「嗚嗚嗚嗚嗚嗚～」

哎，混帳設定還不只這項就是了。

「那、那個，除此之外喔，在注入魔力的過程中，有一件事希望兩位注意……」

「還、還沒完喔……！」

是的，還沒完。而且非常糟糕。若是在一般等級的成人遊戲世界中，應該不至於玩這麼大，「逼女生穿上泳裝擺出煽情姿勢」這樣的養眼場景就該令人滿足了。但是這個世界有著一般成人遊戲不及、更上一層樓的瘋狂設定。這才是魔法★探險家的本色。

再說光是穿上泳裝擺出誘人遐想的姿勢，看在精通成人遊戲的諸位紳士淑女眼中，連眉毛都不會抖一下。那麼令人拍案叫絕的原因就在於藏有更進一步的追加設定。

「其實啊，要是搞錯姿勢，或是……每、每隔十秒鐘…………就會噴、噴出有催、催情功效的氣體……！」

「啥～～～～～！」

只是感覺心癢難熬而已，沒有毒性！真的沒有毒性！對男性毫無效果就是最佳證明！對男性的害處，反而是在事件結束之後。

「可、可是，如果問對人體有沒有不良影響，其實完全沒有！事後會血脈通暢、不容易著涼，而且似乎對肩膀僵硬與手腳冰涼都有效果……」

「現在根本不需要溫泉的功效吧！況且……要、要、要要、要擺出那種姿勢，就已經是不良影響了吧！」

「啊！有、有道理！」

「你白痴喔！」

「等、等等，可是除此之外別無他法啊！」

可惡，我真的想把想出這種設定的人大卸八塊。作者啊，你已經超越常人理解的範疇了。要人在充斥著催情氣體的場所穿上泳裝擺出性感姿勢，未免太蠢了吧！是哪款成人遊戲啊！對喔，這裡還真的是成人遊戲的世界～～！

「我、我才不要擺什麼變態姿勢！對、對了！幸助自己上不就好了！」

「不、不行不行不行！我、我要怎麼穿啊！保證不堪入目喔！」

「既然沒辦法穿，你就全裸上陣好了！」

「全、全裸？邏輯飛躍太遠了吧！既然這樣，乾脆穿著衣服就好了吧！」

「啊……」

「妳都沒想到這一點喔！」

我對連耳朵尖端都紅透的琉迪反駁。但是琉迪也不管三七二十一了。

「總之你給我脫！」

「拜託，先等一下。喂！不要拉我衣服！全裸……至少、至少讓我保留內褲！」

當我們爭執不休時，學姊開了口。

「我、我就相信瀧音吧。」

我和琉迪的臉同時轉向學姊，而且速度驚人。

學姊的臉一片通紅，連耳根子都紅透了。

「確實瀧音的視線……不知道該怎麼說，有時的確有種可疑的感覺。」

我的視線真的那麼露骨嗎？哎呀，畢竟常常死盯著學姊的頸子看嘛，不管怎麼想都很露骨。

「但是我也懷疑瀧音在這種情況下會說謊嗎，我想真的是非做不可吧。」

琉迪似乎也無從反駁，看了看棒子又看向我，視線在兩者之間游移，最後像是要說服自己般嘆了一口氣。

「……………幸助不會撒這種謊。我、我、我知道了啦。幸、幸助這個人可以信任。可、可是僅此一次，下不為例喔！」

真能僅此一次就好了，但這裡可是魔探的世界。和其他迷宮中變態程度爆高的機關相比，這裡的變態度已經偏低了耶。

「是、是喔……謝謝妳。」

事、事不宜遲。

「既、既然這樣，雖然非常不好意思，可以請妳換上泳裝嗎？」

「嗚嗚嗚嗚，我知道了啦！我換就是了！這樣沒意見了吧！嗚嗚……好了啦，快點給我！」

琉迪滿臉通紅地對我伸出手。這下我可傷腦筋了。呃，因為寶箱裡頭其實……

「那個，話說泳裝有三種款式耶……」

「夠了喔～～～～～～！隨便哪件都好啦！」

火冒三丈。琉迪氣憤地走到我這邊，凝神注視寶箱裡頭的泳裝，然後很明顯慌張到手足無措。

「真的假的……不會吧！全、全、全部……全部都是色、色情泳裝嘛！」

「雖然我剛才就知道了……真、真的要穿這個啊……」

整張臉泛紅的學姊看著泳裝呢喃。琉迪把拿在手中的綠色泳褲使勁甩向寶箱。

「夠了啦！知道了啦！我穿就是了！我穿上泳裝就可以了吧！幸助！你來選！這種東西我自己沒辦法選！」

「不好意思，我、我也沒辦法選……」

我先是盯著兩人的臉，然後看向泳裝。之後再度看向紅通通的臉，然後打量泳裝。

於是我明白了。

原來……我來到了人生的分歧點。

合法讓學姊和琉迪穿上煽情泳裝的機會就在眼前。這種機會也許再也不會有第二次。選擇僅只一次，將之烙印在我的腦內記憶體的機會也只有一次。我難道有任何理由亂選泳裝？眼前一共有綠色、白色、黑色三片神聖的布料。為了讓天女進化為更高階的天女，這是不可或缺的重要道具。

若是普通的泳裝，首先必須確認尺寸再挑選款式。但是這些驚人的特殊泳裝是以魔法製作，不只防禦力非常高，還會自動調整為合身尺寸。換言之，完全不需要介意尺寸問題，只要單純選擇適合她們的款式就好。

太痛苦了。最痛苦的問題在於，這裡是現實而無法讀檔。無法將眼前美景作為ＣＧ永久保存，只能憑著這對肉眼拚命鐫刻在自備遺忘功能的大腦之中。啊啊，真是令人萬分扼腕。為何她們不願意三種都穿給我看？不管是穿上綠泳裝揮灑妖精氛圍的琉迪、穿上白泳裝的天使琉迪、穿上黑泳裝的小惡魔琉迪；或者是穿上綠泳裝的凜然學姊、穿上白泳裝的性感學姊、穿上黑泳裝的嫵媚學姊，我全部都想親眼目睹。

煩惱到最後，我將兩套泳裝分別遞給兩人，剩下一套收進自己的行李。

兩人開始更衣之後過了多長的時間？我靜靜等候直到琉迪對我喊「換好了」。

「幸助？你怎麼一副疲憊不堪的樣子？」

「瀧音，沒事嗎？」

兩人神色擔憂地說道。沒事的，我只是一面聽著更衣時的衣物摩擦聲，一面壓抑想偷看她們更衣過程這種身為男性理所當然的欲求罷了。我只是聽著「雪音學姊的好大喔……」「琉迪也很漂亮喔。」之類的台詞，絞盡意志力在忍耐而已。

不，那種事怎樣都無所謂了。現在我根本管不了這麼多。因為兩人的打扮……那身打扮……

「怎、怎樣啦？」

琉迪想用雙臂遮掩身體，但完全遮不住。

「好美……」

我為琉迪選的泳裝是她喜歡的綠色。我現在認為那真是明智的判斷。白皙水嫩的肌膚絕大部分都暴露在外，只有重點部位加上了綠色的小塊布料。而且只靠細繩固定位置，一旦有激烈運動，好像就會立刻走光。

學姊的是白色比基尼泳裝。同樣是明智的選擇。那泳裝只要一穿上身理應會自動調整尺寸，但胸部卻呼之欲出，究竟是為什麼？泳裝的尺寸明顯太小了。原因可以想見，為了凸顯性感的身材，特地把尺寸調得過小吧。遮住下半身的布料也只有小小一片，萬一稍微歪了……

「瀧音，聽你這樣說雖然教人高興，但是那個，你這樣盯著看，有點……」

「就是說嘛，笨蛋！不要這樣死盯著看啦！很難為情耶……」

「不、不好意思。馬上開始吧。」

兩人來到指定的位置，我看著兩人點頭，將長棒設置在台座上。

於是魔法陣在腳底下浮現，我們的正面出現了螢幕般的物體。不久後螢幕上映出了輪廓。輪廓上標註了白線，讓人一眼就明白那代表身體的哪個部位。同時右下角出現沙漏，而且正不斷減少。那大概就代表噴出催情氣體的時間吧？

「我、我們快點吧，琉迪。」

首先映於螢幕上的是簡單的姿勢。只是稍微扭轉身子，在臉旁邊擺出V字手勢。

不過，為何要雙手一起比出V字？

代表正確解答的叮咚聲響起，螢幕左下角的棒狀計量表累積了大約十分之一。看來這應該代表棒子中累積了多少魔力。

仔細端詳棒子，雖然微弱但似乎散發著白光。

「很好，正確解答。唔？為、為什麼？」

聽見學姊驚慌的聲音，我抬起臉一看。這回是琉迪焦急地大叫。

「等一下，太奇怪吧！為什麼倒數沒停下來！」

是的，事實誠如她所說。既然擺出了正確的姿勢，照常識來說倒數應該會停止。但很遺憾，事情並非如此。

「快、快點，琉迪，如果如瀧音所說，那個，催、催情氣體很快就會噴向我們！」

「嗚嗚嗚嗚嗚嗚嗚！」

看來這次是強調胸部的姿勢。捧起胸部般交叉雙臂，上半身稍微向前傾，像是要把乳溝擺在對方面前的挑逗姿勢。

我感覺體內血液好像要沸騰了。

我真想現在就拋開一切，在她們面前壓低上半身，將所有注意力集中在即將浮現眼前的那道幸福與幸福之間的界線。

太過渴望從正面欣賞那美景……讓我有種近乎想吐的感覺。但是一想到她們的決心，我斷然拒絕這種失禮的行徑。

「這、這種姿勢我辦不到！」

「快點，琉迪！」

學姊已經擺出姿勢如此吶喊。琉迪還沒做好覺悟，但是時間限制殘酷地飛快逼近。

在她們完成指定姿勢之前，催情氣體已經無情地噴出。

「嗯嗯嗯！？！？！？！？！？！」

「唔……嗚啊啊！」

效果非常顯著。

琉迪和學姊都臉頰泛紅，眼神迷濛酥軟，簡直像融化的棉花糖。

「兩、兩位都快一點！」

我喊叫後，兩人同時回過神來，擺出挺起胸部的姿勢。於是棒子中累積的魔力也稍微增加。

緊接著是蹲下身子，對我揚起視線的人形輪廓。覺得幸運的兩人連忙擺出姿勢。通過這一關後，下一個姿勢立刻顯示在螢幕上。

這次是用雙手在後腦杓將頭髮束起的輪廓。大概是想凸顯腋下吧。雖然普通，但也是不著痕跡地直擊特殊癖好的美妙姿勢。

在兩人突破這關的同時，氣體第二次噴射。

這下非常不妙。

不只是臉頰，兩人的肌膚泛起淡紅色，全身上下都大量冒汗。

而接下來是……將臀部朝後方推出的姿勢。這大概是直到目前為止最色情的姿勢了。當那姿勢顯示於螢幕上，兩人的視線便轉向我。
她們一語不發，但用意我清楚理解了。
「「求求你不要看。」」
那真的……令人扼腕萬分。我閉起眼睛，用披肩遮住眼前。我非常想看，難以忍受地想看。那欲求實在是難以壓抑。然而這兩人絕對不希望我做的事，我也不願意做。這我怎麼可能……真的去做呢……
就在我聽見琉迪的嬌喘聲的瞬間，天啟般的靈感湧現腦海。
用心眼的話——用心眼不就能看見了嗎？
我當場盤腿打坐，凝聚全部集中力。我渴求的是琉迪與學姊的挑逗姿勢。集中啊。
就算聽見氣體噴射的聲音，就算琉迪和學姊忍不住嬌喘，也要集中精神。

屏除雜念，只管聚精會神。

於是，原本一片黑暗的視野中——

香汗淋漓的學姊與琉迪彼此相擁的模糊身影映入眼簾。那姿勢我在遊戲中見過！

那是有兩個人以上才會出現的雙人姿勢！完成這個額外加分姿勢，就能對棒子注入大量的魔力！滿身大汗又疲憊不堪的琉迪與學姊緊緊依偎著彼此。

多麼美麗又魅惑的肢體交纏啊…………！

在慶祝音效響起的同時，學姊欣喜地叫道：「好、好了！充滿了！」

我睜開眼睛，立刻取回長棒，結束這場亂七八糟的事件後，跑向力氣耗盡的兩人身旁。但是一見到兩人的模樣，我頓時感到錯愕。在遊戲畫面中，女性角色們會衰弱至此嗎？

不，更正確地說，這個事件應該有兩種變化，分別是很疲累的反應和稍微疲累的反應……我記得我用同樣角色玩了兩次……奇怪，這麼說來這根棒子……………咦？

「啊——————！」

我、我完全忘記了。但是事件已經結束了耶！

「呼～～呼……怎麼了，幸……助……？」

琉迪站不穩似的差點跌倒，學姊連忙想攙扶她。但是學姊似乎也已經腰腿無力，兩人差點一起跌倒時，我衝上前去接住兩人。

琉迪的頭和身體倚在我的左胸前。琉迪滿身大汗，髮絲沾黏在我的臉頰上，洗髮精的香氣和琉迪的體味混合而成的氣味灌進我的意識中。學姊則是另一種氣味。學姊的頭倚在我的肩膀上，而且胸部壓在我身上。那似乎有一股不管我犯下何種過錯都願意溫柔接納的包容力。

我努力按捺著快要失控的精神，讓幾乎虛脫的兩人緩緩坐在地上。

一段時間之後，她們恢復了一些體力，但是兩人臉上還是掛著紅暈，也不願意和我四目相對。不過她們並沒有遠遠離開我，反倒不知為何緊捏著我的衣角。

「讓這座迷宮停下來吧。」

我說完，兩人依舊不看向我，各自點了點頭。

都到了這地步，就三個人一起動手吧？我如此提議後，兩個人同樣默默點頭。我用第三和第四隻手扶持兩人站起身，三個人一起拿起光輝耀眼的長棒。

之後我們將之緩緩插進台座中。

變化馬上就發生了。棒子插得越深，眼前魔法陣的光芒也隨之減弱。當棒子完全插進孔洞，光芒就會完全熄滅，迷宮的功能也會停止運作吧。

緩緩把棒子插進洞時，我回憶起方才琉迪與學姊絞盡氣力擺出各種迷人的姿勢。

啊啊，是我太晚才回憶起事實。如果隊伍中有角色能解讀寶箱裡的那張紙，就不至於發生這種事吧。哎，雖然紳士們肯定是不管三七二十一，硬逼女角上陣以回收事件CG吧。

不，事情都過去了，別再多想了，就把這祕密一輩子藏在心底吧。事到如今也說不出口了。

其實注入棒子的特殊魔力有四成就夠了，沒必要全滿。

救出琉迪的隔天情況可謂兵荒馬亂。特別是毬乃小姐，面對我生氣說教的同時稱讚我救出琉迪這部分，就像先前體驗過的那次。

雖然算是受到稱讚，但我害毬乃小姐與姊姊擔心仍是不爭的事實。我正色說「對不起」表示歉意後，毬乃小姐便將我抱進懷中，稱讚我做得很好，讓我有種如夢似幻的心情。雖然說不出口，姊姊的尺寸壓倒性地雄偉。

我原以為再度遭受攻擊的琉迪會暫時休學，但她似乎沒這個打算。聽說皇帝陛下要求她回國一次，她好像拒絕了。她當時似乎回答這邊有幸助在，用不著擔心。但就算對我寄予厚望，我也無法保證自己絕對能保護她，頂多只能賭上性命去救她而已。

我將這件事如實告訴她，只見她臉頰微微發紅，輕聲呢喃「很夠了，笨蛋」後離開我的房間。

在那之後，我為了平日的鍛鍊而來到瀑布底下，不過今天沒見到學姊的身影。

大概是風紀會的工作吧。學姊身為副隊長，職位相當於副會長，而且她也說過開學前有些工作要忙。

我輕嘆一口氣。朝身子潑冷水後，一如往常就定位，閉上眼睛任憑瀑布沖打。

琉迪的身影浮現腦海。基本上她是能夠得到幸福的女角，魔法★探險家的男主角一定會與她結識並且拯救她的性命。這是一定會發生的事件，若不解決這個事件，除了特殊路線外，故事不會繼續進行。

所以說，除非故意走到壞結局或特殊結局，琉迪最終都不會不幸。

但是這次狀況如何？

琉迪差點就遭遇不幸了。如果一切都依照遊戲劇情，她應該不會遭遇不幸吧。

要讓每個女角都得到幸福，究竟需要什麼？

在魔探之中包含琉迪在內的女角們，若要抵達幸福的結局（Happy End），就必須引發每個人的劇情事件。當然也必須面對戰鬥，而且其中數名角色的戰鬥事件甚至需要等同於最後魔王的實力。有些還不是劇情必經的事件，而是隱藏事件。

男主角會引發隱藏事件拯救她們嗎？如果剛好和其他事件時間重疊呢？如果像這次一樣，實際過程和遊戲中不同又會如何？要是琉迪或學姊遭到波及呢？

屆時她們會遭遇什麼事？

萬一演變成最糟的事態，我能夠原諒自己嗎？

如果我不知道遊戲的存在，我也許已經放棄拯救她們。就算想伸出援手，也會陷入無能為力的狀態，就像「畢竟冬天到了，花當然也會凋謝吧」那樣，告訴自己這是必然的結局，強逼自己接受事實吧。

但是，就算真是冬天，花朵就注定凋謝嗎？

因為能夠扭轉命運，那才是遊戲中男主角身為男主角的理由吧。但是，現在的我算什麼？

「呼……」

我並不是遊戲中的男主角。

但是我瞭若指掌。許多結局中的幸福與不幸，我已經全都知道了。沒錯，我知道她們能得到何種幸福。

有如滾燙岩漿般的某種熱量奔馳在我體內。

那不是血液，也並非物質，而是熱情、愛情與決意混合而成的一股意志。

冰冷的瀑布自我頭上沖來，但我一點也不覺得冷。一想到她們的幸福，我早就明白必然會有這個結論。儘管如此，我還是想讓心靈盡可能冷靜下來，到頭來卻還是無法冷靜。然而我同時也覺得就算冷靜下來思考，結論大概也不會改變。

我緩緩睜開眼睛。

「我…………喜歡魔法★探險家。」

不只是琉迪、水守學姊、姊姊、毬乃小姐，還有奈奈美、莫妮卡會長、路易賈老師、紫苑學姊、卡托麗娜、蓋比、櫻同學，我全部都喜歡。

在這個世界相遇的克拉利絲小姐我也喜歡。以及因過去而身陷不幸的女角、因詛咒而不幸的女角、被當作祭品的女角、為了世界犧牲自己的女角。每個人我都很喜歡。

讓她們就這麼迎向不幸，真的好嗎？

當然不好。

當然無法接受。我喜歡的女性們，為什麼一定要陷入不幸？

為什麼明明有得到幸福的途徑（路線），她們卻一定要走向不幸？

我希望每位女角都能得到幸福。

不，我會讓她們得到幸福。

但是，若要帶領所有人得到幸福，就必須擁有足以打倒最後魔王的力量。像是隱藏角色就是其中一例。男主角會去救她嗎？也許會，也許不會。無論哪邊都好，不管他要怎麼做，我去救她就對了。

「只要我變強就可以了。如果為了保護大家……如果為了避免走到悲劇結局，需要足以打倒魔王的力量，那我就成為世界最強吧。」

瀧音幸助個人的劇情早被我拋在腦後。如果對我的目的有益，要特地觸發也無所謂，如果沒有助益，要忽略也無妨。接下來就隨心所欲行動吧。

只要能拯救女角們，接下來她們要和男主角建立何種關係都無所謂。只要她們能展露幸福的笑容，那我就滿足了。

很好，那麼為了成為世界最強，先設定目標吧……不，和當下目標沒什麼差異吧。距離最近的目標應該就是超越「學生會」、「風紀會」、「式部會」等「三會」的成員，以及在資料片追加並強化的女角群「資料片四天王」。首先要進迷宮修行，看時機以下剋上，超越三會成員與四天王。

接著才是三強「水守雪音風紀會副會長」、「莫妮卡・梅爾傑迪斯・馮・梅比烏斯學生會長」，以及最終兵器「初代聖女」。要得到在她們之上的力量。

還有強度能與號稱三強的她們並駕齊驅……最終甚至能孤身擊倒魔王的《魔法★探險家》的男主角。連他也要超越，登上最強的頂點。在我登上頂峰之後——

引領每位女角都抵達幸福結局。

在瀑布下，我如此下定決心。

終章

Magical Explorer

Reincarnated as a Eroge Hero's Friend, I'll live freely with my Eroge knowledge.

一般提到開學典禮，會聯想到什麼？

若是一般的日本人，大概是穿著全新制服的學生，以及為了祝賀人生跨入新階段而大肆綻放的櫻花吧？浮現在我腦海中的也不外乎這些。

「櫻花」是深植日本文化的植物。嬌憐的花朵開滿在每個樹梢的身影，自古以來風靡無數人，數不清的盛大宴席在櫻花樹下召開。

我非常喜歡櫻花。隨風飛舞的花瓣有種令人忘記眨眼的美感，凋零散落的櫻花將地面染成櫻花色的模樣，美麗但也飄盪著哀愁。在這樣風流浪漫的風景下，與熟識的傢伙們飲酒作樂，可說是無上的幸福時光。

也許只是我個人的感想，不過櫻花凋落後換上綠意的櫻花樹我也喜歡。綠意盎然的櫻花樹成排佇立在空曠寂寥的廣場上，給人一個時代就此結束般的惆悵心情。

言歸正傳，備受日本人喜愛的櫻花在成人遊戲與戀愛遊戲中也是廣受喜愛的花。名稱中加入「櫻」的遊戲所在多有；櫻花樹下常常是重要事件的發生地點；主要女角也不時以櫻為名。

魔法★探險家也不例外，櫻花同樣有一席之地。男主角住在學園附近的宿舍，每天早上便通過櫻花樹並排的道路前往學園。

「唉……」

前幾天我事先探查時，櫻花還含苞待放。但是看來花苞忍不過這幾天的溫暖天氣，現在已經大肆綻放。栽種在道路左右兩旁的數棵櫻花樹華麗盛開，讓我不由得想停下腳步專心賞花。

沒錯，我想專心賞花。真的。沒錯，只要給我時間。

「沒想到會發生那麼多事件……！」

我草草掃視成排櫻花樹，趕忙快步向前。

我明明預留時間提早出門了。毬乃小姐和姊姊說要準備開學典禮而比我早兩小時出門，琉迪她們說有其他地方必須跑一趟而早一小時出門。但我的出門時間就算悠哉散步，也能在十分鐘前抵達才對。

但實際上如何？此處明明是從學生宿舍前往學園的必經之路，但路上卻連一位學生都找不到。

哎，畢竟這時間開學典禮已經開始了，有人才奇怪吧。

要說沒辦法也是吧。路上遇見了腳受傷的老人，難道我能置之不理逕自上學嗎？

「和男主角真是天差地別啊……」

遊戲《魔法★探險家》的主角會從可愛的女角那邊接到訊息通知，在開學典禮撞見嘴巴叼著吐司的美少女，打下日後開創後宮的基礎。相較之下，我卻是老爺爺的英雄。不過我覺得自己做了件好事，對方也非常感謝我，我一點也不覺得不公平。感覺反倒非常充實。

「現在幾點啊？」

我把手伸進口袋，取出智慧型手機並開啟，檢視手機接到的訊息。毬乃小姐傳來的訊息上寫著「知道了，你慢慢來」，同時還加上了大量的心型符號，還附上了刻意想為現代藝術添增幾分可愛卻又失敗似的貼圖。我刻意忽視了那噁心的貼圖，看向顯示在螢幕角落的時間，不由得嘀咕：

「我原本打算把旗標統統折斷的耶。」

在魔法★探險家中，男主角與瀧音幸助的初次相遇就是在開學典禮當天。睡過頭的男主角撞見叼著吐司的美少女女角之後，撿到了美少女的手帕。之後他仰望櫻花樹，憶起美少女的櫻花色內褲。沒錯，沉浸於變態回憶。男主角回過神後趕往學園，但大門已經緊閉。這時瀧音幸助登場。兩人攜手合作翻越校門，但是被身為次要女角的老師逮到，挨了一頓罵。我記得劇情大致上是這樣。

我原本打算忽視這個事件。完全沒有故意遲到的打算。

「該怎麼說啊。該不會真有命運之類的東西……但是命中註定的對象是男人聽起來就很怪，是怎麼搞的？」

我不由得呢喃。在我的視線所指之處，有一位不知所措的男學生。他愣愣地看著緊閉的大門。

那傢伙有一頭色澤深暗的短髮，長相算不上多帥但也不醜，稍微有點可愛之處但是平凡無奇。此外遵守規矩的他將一身制服穿得整整齊齊，手中提著學園建議的書包。

那副普通人的模樣，不會錯。那傢伙就是遊戲中的男主角。

我在心中苦笑的同時，走到他身旁。隨後我裝模作樣地大嘆一口氣。

「唉～～門都關了啊。」

我自言自語般呢喃，直盯著校門。隨後我轉身面向男主角。

「嗨，你也是新生？」

魔法★探險家的男主角看見我，嘴巴半開。

哎，這心情我也懂。他聽見我這句話，應該已經理解到我也是新生。但是正因為知道是新生，見到我的打扮肯定會忍不住錯愕。明明是新生卻沒把釦子扣好、襯衫下襬不紮、領帶沒拉緊、領帶夾別在胸前口袋、脖子處纏著一條特大號的披肩，和一副好學生打扮的他完全相反。順帶一提，這和遊戲中的瀧音幸助的扮相差不多。差別大概在披肩和圍巾的不同吧。

（這個輕浮的男生是誰啊……？）

他現在一定這樣想吧。擺明了寫在臉上。換作是我也會這樣想：今天明明是新生入學第一天，這傢伙為什麼服裝這麼隨便？換作是我，說不定明知失禮也會直接說出口。

「呃、嗯。是沒錯。」

聽他這麼說，我點頭。之後我把手擺在每個學年顏色不同的領帶夾旁邊。

「如你所見，我也是新生。」

雖然看起來應該不像，但我還是姑且表明身分。他輕聲呢喃：「咦咦～～」見到那反應讓我忍不住笑了。換作是可愛的美少女想必萌點十足，很可惜這傢伙是個帶把的男生。哎，不過他有一副成人遊戲男主角常見的中性容貌，也算得上可愛就是了。

接下來該怎麼辦才好呢？既然木已成舟，就乾脆按照遊戲劇情推進故事吧？接下來那位全身精油療法老師（次要女角）會因為我們翻越校門而生氣，但我也不討厭她，反倒該算進老婆之一。能挨她的罵，根本就是獎賞吧。

既然決定了，首先就來段開場白吧。只要一次就夠了，我一直想試試看。唉，要借用遊戲中的瀧音幸助的台詞雖然有幾分不爽，但那句台詞有種不知天高地厚的蠢感，就原諒他吧。

而且更重要的是，那句台詞同時也是我一定會達成當下目標的宣言。沒錯，為了帶領魔法★探險家中的每位角色抵達幸福結局，我必須先達成的目標。我撇嘴一笑，豎起大拇指。

「我還沒自我介紹啊。」

將豎起的拇指緩緩指向自己，空著的另一隻手扠在腰際，挺起胸膛。

好，上吧。面對將成為世界最強的魔法★探險家男主角「聖伊織」——

在此時此地，我要大聲宣言！

「我叫瀧音幸助！我是即將在這座月詠魔法學園成為最強的男人！」

後記

各位好，我名叫入栖。

——致謝——

二話不說接受我輕率的要求、為本書繪製精美插畫的神奈月昇老師；為本書繪製了超棒的介紹漫畫的緋賀ゆかり老師；儘管我造成諸多麻煩，卻從未捨棄我的宮川夏樹大人（收到比原先多出數萬字的原稿時，想必讓您目瞪口呆吧。我會好好反省，下次添增更多篇幅）。

以及從網路連載時就支持著我的各位讀者、購買本書的各位讀者。

在此誠心致上謝意。您手中的這本書，是我的夢想結晶的產物。

——關於魔探的內容——

網路連載版的讀者應該知道，書籍版第一集相當於序章部分。之後還會越來越有趣，敬請考慮購買續集！

——特別告知——

魔探的漫畫版預定將在２０２０年初於YoungAceUP網站上連載。
屆時還請各位對漫畫版也同樣不吝支持！

入栖

©Harushi Fukuyama, Oryo 2018 / KADOKAWA CORPORATION

靠神獸們成為世界最強吧 1~5（完）

Kadokawa Fantastic Novels

作者：福山陽士　插畫：おりょう

忽然有小寶寶叫狄歐斯「爸爸」？
跟神獸的冒險故事來到精彩高潮！

某天早上，忽然出現的小寶寶艾菈把狄歐斯認作爸爸，使神獸們遭受衝擊。狄歐斯讓陷入混亂的神獸們冷靜下來，打算在找到艾菈的父母之前先跟大家一起照顧她。於此同時，鳥籠解放者的攻擊更為猛烈，再加上加芙涅得神的降臨，事態急轉直下——

各 **NT$200~220/HK$67~73**

©Sakaki Sengetsu, Touzai 2018 / KADOKAWA CORPORATION

以我的能力創造開外掛的老婆們 1~7 待續

Kadokawa Fantastic Novels

作者：千月さかき　插畫：東西

凪一行人遇見正直有禮的少年見習騎士
少年其實是女兒身，自己卻不知道!?

凪一行人在旅途中遇見一名正直有禮的少年見習騎士卡特拉斯——其實那是一名被母親洗腦，以為自己是男孩子的美少女！而且還有雙重人格？沒想到在卡特拉斯的身世之謎的背後，竟有著足以動搖國家的陰謀，與危險至極的魔法道具……？

各 NT$200~240/HK$65~80

國家圖書館出版品預行編目資料

魔法★探險家 轉生為成人遊戲萬年男二又怎樣，我要活用遊戲知識自由生活 / 入栖作；陳士晉譯. -- 初版. -- 臺北市：臺灣角川, 2020.09-

冊；　公分. -- (Kadokawa fantastic novels)

譯自：マジカル★エクスプローラー エロゲの友人キャラに転生したけど、ゲーム知識使って自由に生きる

ISBN 978-957-743-973-4(第1冊：平裝)

861.57　　　　109010214

Kadokawa Fantastic Novels

魔法★探險家 轉生為成人遊戲萬年男二又怎樣，我要活用遊戲知識自由生活 1

(原著名：マジカル★エクスプローラー　エロゲの友人キャラに転生したけど、ゲーム知識使って自由に生きる)

2020年9月28日　初版第1刷發行

作　者：入栖
插　畫：神奈月昇
譯　者：陳士晉

發行人：岩崎剛人
總編輯：蔡佩芬
編　輯：孫千棻
美術設計：李思穎
印　務：李明修（主任）、張加恩（主任）、張凱棋

發行所：台灣角川股份有限公司
地　址：105台北市光復北路11巷44號5樓
電　話：（02）2747-2433
傳　真：（02）2747-2558
網　址：http://www.kadokawa.com.tw
劃撥帳戶：台灣角川股份有限公司
劃撥帳號：19487412
法律顧問：有澤法律事務所
製　版：尚騰印刷事業有限公司
ISBN：978-957-743-973-4

※版權所有，未經許可，不許轉載。
※本書如有破損、裝訂錯誤，請持購買憑證回原購買處或連同憑證寄回出版社更換。

MAGICAL★EXPLORER ERO GAME NO YUJIN KYARA NI TENSEI SHITAKEDO,
GAME CHISHIKI TSUKATTE JIYUNI IKIRU
©Iris, Noboru Kannatuki 2019
First published in Japan in 2019 by KADOKAWA CORPORATION, Tokyo.
Complex Chinese translation rights arranged with KADOKAWA CORPORATION, Tokyo.